KB276084

김수로왕–금관가야의 역사와 문화

역사와 문학 비람북스 인물 시리즈

김수로왕 –금관가야의 역사와 문화

초판 1쇄 2022년 2월 5일
지은이 김종성
편집주간 김종성
편집장 이상기
펴낸이 윤진성
펴낸곳 서연비람
등록 2016년 6월 29일 제 2016-000147호
주소 서울시 강남구 도곡로 422, 5층
전자주소 birambooks@daum.net

ⓒ 김종성 2022, Printed in Korea.

ISBN 979-11-89171-39-1
ISBN 979-11-89171-26-1 (세트)

값 9,800원

역사와 문학

비람북스 인물시리즈

금관가야의 역사와 문화

김수로왕

김종성 지음

서연비람

차례

머리말

　지은이가 금관가야에 관심을 갖게 된 것은 한 권의 학술서 때문이었다. 그 당시에도 각급 학교에서는 전기 가야 연맹의 맹주국은 금관가야였고, 후기가야 연맹의 맹주국은 대가야였다고 가르쳤다. 그런데 2003년 봄볕이 다사롭게 쏟아지던 날 학교 정문 가근방의 고서점에서 우연히 발견한 그 학술서에서는 전혀 다른 이야기가 기술되어 있었다. 변진구야국은 김해의 금관가야가 아니라, 고령의 대가야이며, 미오야마국은 거제도에 있었다는 것이다. 그리고 임나가라는 김해에 있었던 것이 아니라 고령에 있었으며, 금관가야는 실제로 가야의 맹주 노릇을 하지 못했고, 『삼국유사』에 나오는 6가야 중 가장 약체로 보잘것없는 작은 나라라고 기술되어 있었다.

　금관가야가 보잘것없는 작은 나라가 아니었다는 것은 『삼국유사』와 『삼국사기』를 꼼꼼하게 읽어보고, 김해·부산 지역에서 출토된 고고자료를 살펴보면 알 수 있는 사실이다.

1960~70년대 『삼국유사』 '가락국기'조와 '5가야'조에 나오는 가야 소국들의 위치 비정을 시작으로 한 가야사 연구는 1990년대 이후 가야사에 관한 많은 학설이 발표되었다. 그러한 학설 가운데 정설로 받아들이기 어려운 것을 각급 학교에서 학생들에게 '정답'으로 가르치고 있다는 데 문제가 있다. 지금은 고인이 된 사학자가 『삼국유사』에 나오는 고령가야를 "지금의 경상남도 진주인 듯하다."라고 추정한 것을 아직도 중고등학교와 대학교에서 기르치고 있다. 나름대로 타당성을 가지고 있을 것이나 중고등학교와 대학교에서 학생들을 가르칠 때 『삼국유사』에 고령가야가 경상북도 상주시 함창에 있었다고 기술되어 있다는 것과 현재 학계에서는 고령가야가 과연 가야 소국의 하나인가라는 문제를 놓고 부정적 견해와 긍정적 견해가 있다는 것을 함께 가르쳐 학생들이 비판적 사고력을 키워 창의적인 사람이 될 수 있도록 하는 것도 좋을 듯하다.

『김수로왕-금관가야의 역사와 문화』는 가락 9촌을 통합하여 왕위에 오른 김수로왕을 시조로 하여 490년간 존속된 금관가야의 김수로왕과 금관가야의 역사와 문화에 대해 쓴 책이다. 이 책을 읽는 중고등학생들과 대학생들, 그리고 일반인들이 한국사와 한국문화를 공부하는 데 조금이나마 도움이 되었으면 한다.

　끝으로 지은이는 오래전부터 역사 인물에 관심을 가져
『인물한국사 이야기』 전 8권을 2004년에 출간한 바 있다.
『인물한국사 이야기』의 개정 증보판을 새롭게 펴내기 전에
한국사의 주요 인물에 대한 평전과 그 인물이 살았던 시대
의 역사와 문화에 대해 쓰기로 마음먹고 그 두 번째 책으로
『김수로왕-금관가야의 역사와 문화』를 펴낸다.

2021년 12월 21일
동백 호수마을에서 김종성

1. 가야의 여명

한반도에서는 바닷가나 한강·대동강·두만강·낙동강 등 큰 강의 하류를 중심으로 신석기 유적이 발굴되고 있다. 신석기 유적에서 가장 많이 발굴된 유물이 토기이다. 우리나라에서는 덧무늬 토기[1]가 가장 일찍 출현하며 그다음에 출현한 토기가 빗살무늬 토기[2]이다. 빗살무늬 토기는 남해안 지방에 집중적으로 분포되어 있으며 서기전 6,000년 무렵을 전후로 나타나서 서기전 3,500년 전후 이전에 소멸되었다. 뾰족밑빗살무늬 토기[3]는 서기전 5,000년 무렵에 서해안 지방을 중심으로 출현하여, 서기전 3,500년 전후 무렵이 되면 한반도 곳곳에서 출현한다. 뾰족밑빗살무늬 토

---

1 덧무늬 토기: 융기문토기(隆起紋土器)라고도 한다. 토기의 입구 둘레에 덧무늬가 있는 토기로 신석기 시대의 가장 이른 시기의 토기.
2 빗살무늬 토기: 즐목문토기(櫛目文土器)라고도 한다. 그릇 표면을 빗살같이 길게 이어진 무늬새기개로 누르거나 그어서 점·금·동그라미 등의 기하학무늬를 나타낸 신석기 시대의 대표적인 토기.
3 뾰족밑빗살무늬 토기: 첨저형즐목문토기(尖底型櫛目文土器)라고도 한다. 바닥이 뾰족한 모양의 빗살무늬 토기.

기는 서기전 1,000년 무렵에 민무늬 토기4와 완전히 교체되었다. 돌연모5를 사용하던 사람들이 청동기6를 만들어 사용하기 시작한 때로부터 철기를 처음 사용하기 시작한 때까지를 청동기 시대7라고 한다. 한민족의 청동기 문화는 만주의 랴오닝성 지역에서 서기전 12~10세기경에 시작되어 한반도 남해안 지역에서 서기전 2세기경에 끝이 났다.

청동기 시대 사람들이 사용한 대표적 유물은 다뉴조문경8 비파형 동검9 한국식 동검10 미송리식 토기11 등이 있다. 이러한 청동기와 토기가 주로 나온 지역인 랴오닝성 ·

<hr>

4 민무늬 토기: 무문토기(無文土器)라고도 한다. 청동기 시대의 무늬 없는 토기.

5 돌연모: 석기(石器). 돌로 만든 갖가지 기구. 특히, 석기 시대의 유물을 이름.

6 청동기(靑銅器): 구리에다 아연이나 주석 · 납을 섞어서 만든 연장.

7 청동기 시대(靑銅器時代): 인류 발달의 제2단계. 청동기를 만들어 사용한 시대로서, 석기 시대와 철기 시대의 중간 시대.

8 다뉴조문경(多鈕粗文鏡): 청동기 시대 전기에 사용되었던 청동 거울로 거울에 끈을 단 꼭지가 있고 줄무늬가 거칠고 선이 굵다. 거친무늬거울. 같은 청동 거울,

9 비파형 동검(琵琶形銅劍): 현악기 비파처럼 등에 대가 있고 좌우에 날이 퍼져 있는 짧은 청동 칼로 칼날의 모습이 몸통이 타원형으로 생긴 비파악기를 닮았다.

10 한국식 동검(韓國式銅劍): 세형동검(細形銅劍) · 좁은놋단검 · 청동단검(靑銅短劍)이라고도 한다. 한반도 청동기시대 늦은 시기의 대표적인 동검으로 몸통 가운데 굵은 허리가 있어 비파형 동검이나 중국식 동검 · 오르도스 동검과는 그 모양이 다르다. 그리고 따로 만든 손잡이 부분은 매우 짧다.

11 미송리식 토기(美松里式土器): 평안북도 의주군 의주읍 미송리의 석회암 동굴에 있는 미송리 유적에서 출토된 민무늬 토기와 유사한 토기들의 총칭이다. 달걀 모양의 몸체에 손잡이가 달려 있다.

지린성을 포함한 만주와 한반도는 하나의 독자적인 문화권을 형성하고 있었다. 우리나라의 대표적인 청동기 유적은 평안북도 의주군 미송리 유적, 함경북도 회령군 오동리 유적, 경기도 여주시 흔암리 유적, 충청남도 부여군 송국리 유적, 경기도 파주시 덕은리 유적 등이 알려져 있다. 특히 미송리 유적에서 처음 발견된 미송리식 토기는 대개 높이가 20~30센티미터이고 색깔은 거의 회갈색, 흑갈색, 적갈색이다. 그리고 밑이 납작한 항아리 양쪽 옆으로 손잡이가 하나씩 달리고 목이 넓게 올라가서 다시 안으로 오므라들고, 표면에 집선무늬[12]가 있는 것이 특징이다. 주로 청천강 이북, 랴오닝성과 지린성 일대에 분포하는 미송리식 토기는 고인돌, 거친무늬 거울[13], 비파형 동검과 함께 고조선의 세력 범위를 추정해볼 수 있는 유물로 간주된다. 가야 문화의 발상지인 경상남도 김해 지역의 청동기문화는 서기전 10세기에 들어와 서기전 2세기까지 전개되었다.

청동기 시대 사람들은 빗살무늬 토기를 연모로 사용하면

---

12 집선문(集線紋): 여러 개의 선으로 채워진 삼각형의 무늬. 집선 무늬라고도 한다.

13 거친무늬 거울: 청동기시대 전기에 제작, 사용된 청동거울로 주로 주술적인 용도로 사용되었다. 일명 '다뉴조문경(多鈕粗文鏡)'이라고도 한다. 다뉴란 뉴(鈕, 끈으로 묶을 수 있는 고리)가 여러 개 달려 있다는 뜻이다.

서 민무늬 토기라는 새로운 형태의 토기를 사용하기 시작
했다. 부여군 송국리 주거지 유적에서 출토된 송국리형 토
기[14]는 민무늬 토기의 90퍼센트 이상을 차지하고 있다. 송
국리형 토기는 긴 달걀형의 몸체, 납작한 밑, 목이 없이 아
가리가 밖으로 약간 꺾인 모습을 특징으로 삼고 있는 형태
를 보여주고 있어 이전의 민무늬 토기와 달라 송국리형 토
기라 불린다. 금강과 영산강, 보성강 유역은 물론 낙동강
유역 등지에서도 발견된 송국리형 토기는 주거 생활 속에
서 실제로 물건을 담을 때 사용된 그릇이었으나 무덤을 조
성할 때에도 이용되었다.

청동기 시대의 민무늬 토기는 대체로 붉은빛을 많이 띤
갈색을 띠고 있었으며, 신석기 시대 사람들이 사용했던 이
른 민무늬 토기[15]처럼 무늬는 없다. 그러나 모양은 주로 바
닥이 좁은 것과 판판한 것의 두 가지가 있었고, 훨씬 세련
된 모습을 지니고 있다. 서기전 1,000년경 농경문화와 함

---

14 송국리형 토기(松菊里型土器): 청동기시대에 지금의 충청남북도와 전라남북도의
   서부지방에서 만들어져 사용된 민무늬 토기. 송국리식토기(松菊里式土器)라고도
   한다.
15 이른 민무늬 토기: 우리나라 토기류 가운데 가장 앞선 신석기시대 초기에 제작
   되었으며 그릇 바깥 면에 무늬가 없고 두께가 비교적 두툼한 토기. 원시무문토
   기(原始無文土器)라고도 한다.

께 정착된 민무늬 토기는 서기전 300년경 중국으로부터 밀려드는 회색경질토기[16]와 와질 토기[17]에 밀려 점차 사용 빈도가 줄어들었다. 이렇게 민무늬 토기와 간석기·청동기를 중심으로 형성되어 청동기 시대를 포괄하는 문화를 민무늬 토기 문화[18]라고 한다. 이것은 신석기 시대의 주류를 이루는 빗살무늬 토기 문화[19]와 구분된다. 철기 시대[20]는 청동기 시대 다음에 오는 시기이다. 인류가 철을 원료로 하여 도구를 만들어 사용하게 된 시기부터 역사 시대[21] 이전까지의 시기인 서기전 300년에서 서력기원 전후까지 약 300년간의 시기를 철기 시대라고 한다. 우리나라에서 철기[22]를 사용하기 시작한 것은 서기전 4세기경부터이다. 중

---

16 회색경질토기(灰色硬質土器): 초기 철기 시대에 이르러 종래의 민무늬 토기에다 중국의 청회색을 띤, 거칠게 만든 토기인 회도(灰陶) 기법이 소개되어 제작한 토기.

17 와질 토기(瓦質土器): 연질토기(軟質土器) 또는 '회도(灰陶)'라고도 한다. 실내가마에서 민무늬 토기보다 약간 높은 900℃ 정도의 고온에서 구워 기와와 같은 회색의 약간 무른 토기이다.

18 민무늬 토기 문화: 무문토기 문화(無文土器文化)라고도 한다.

19 빗살무늬 토기 문화: 즐문토기 문화(櫛文土器文化)라고도 한다.

20 철기 시대(鐵器時代): 석기 시대·청동기 시대에 뒤이어 철기를 사용한 인류 문화 발전의 제3단계. 넓은 뜻으로는 현대까지도 포함.

21 역사 시대(歷史時代): 문자로 쓰인 기록이나 문헌 따위가 전해 오고 있는 시대.

22 철기(鐵器): 쇠로 만든 그릇이나 기구.

국 연(燕, 서기전 11세기~서기전 222년)나라로부터 유입된 철기는 한반도 북쪽에서 남쪽으로 전파되었다. 처음에는 중국 대륙으로부터 유입되어 온 철기를 사용하다가, 점차 직접 철기를 제작하여 사용하게 되었다. 땅속에 묻혀 있는 철광석을 캐내어 용광로에 녹여서 그 속에 함유된 철을 뽑아내거나 철기를 제작하려면, 복잡하고 전문적인 기술을 지닌 수공업자들이 필요했다. 이 시기부터 농사일을 하지 않고 철기를 생산하는 일만 하는 수공업자 집단이 생겨나게 되었다. 이 당시에는 철광석을 제련하거나 철기를 만드는 일을 할 수 있는 기술을 가진 수공업자들이 흔하지 않았으므로, 각 집단의 우두머리들은 철광석을 제련하는 기술을 가진 사람이나 철기를 만드는 일을 잘하는 수공업자들을 확보하려고 많은 노력을 기울였다.

조·기장·수수 등 밭작물이 주로 재배되었던 신석기 시대가 끝나고, 청동기 시대에 들어서자, 청동기 시대 사람들은 지대가 낮고 축축한 땅인 저습지에서 벼를 재배하기 시작했다. 돌로 만든 보습, 괭이, 단단한 나무로 만든 농기구로 농경지를 넓히고, 또 깊이 갈고 김을 매어 벼·조·피·수수·기장·콩·보리 같은 농산물의 생산량을 늘려나갔다. 강을 끼고 있는 야산이나 구릉 지대에 주거용 집, 창고,

공동 작업장, 집회소, 공공 의식 장소를 짓고 취락을 이루고 살았던 청동기 시대 사람들은 신석기 시대보다 땅을 얕게 파서 직사각형의 움집을 지상 가옥에 가깝게 지었다. 청동기 시대 초기에는 집자리가 보통 장방형23이었으나 서기전 500년 전부터 둥글거나 정사각형에 가까운 형태의 집자리가 널리 퍼져갔다. 4~8명 정도의 가족이 살 수 있는 크기로 지어졌던 움집 한가운데 자리했던 화덕은 한쪽 벽으로 옮겨졌다. 화덕 주변은 여성의 작업 공간으로 사용되었다. 또한 움집을 짓는 데 주춧돌을 이용하기도 했다. 마을을 둘러싸고 있는 산은 차가운 북서 계절풍을 막아주고, 남쪽을 향해 지은 집들은 햇볕을 많이 받을 수 있었기 때문에 강가나 바닷가의 움집보다 더 따뜻했다.

청동기 시대 사람들이 사용한 중요한 도구는 석기·토기·청동기로 나누어진다. 간석기가 대부분인 석기는 쓰임새에 따라서 공구용·농경용·사냥용으로 나누어진다. 공구용으로는 나무를 자르는 데 이용한 돌도끼와 나무를 다듬거나 구멍을 뚫는 데 사용한 홈자귀가 있다. 농경용 도구에

---

23 장방형(長方形): 직사각형.

는 곡식의 이삭을 잘라 추수하는 데 사용한 반달돌칼24등이 있다. 반달돌칼은 청동기 시대 사람들이 벼농사를 지었다는 물질적인 증거의 하나이다. 사냥용으로는 돌로 만든 화살촉 등이 있다. 청동기 시대에는 청동제 무기의 발달로 마을 주민들 사이에 정복 전쟁이 벌어지고, 부족을 단위로 하는 정치적 사회가 성립되었다. 여성들은 주로 집 안에서 집안일을 담당하고, 남성들은 농경이나 전쟁 같은 바깥일에 종사하는 성 역할의 분리가 나타난 것도 이때였다. 뿐만 아니라 생산력의 증가에 따라 잉여생산물25이 생기게 되자, 이것을 개인적으로 소유하는 씨족원이 많이 나타나게 되었다. 생산물의 분배와 사유화 때문에 씨족원들 사이에 갈등이 일어나고, 가난한 사람과 잘사는 사람 사이의 격차가 커졌다. 그리고 청동이나 철로 만든 금속무기의 사용으로 정복 활동이 활발해지자, 지배자 계급과 피지배자 계급의 분화가 더 빨라졌다.

우리나라에서 무덤이 처음 나타난 것은 신석기 시대부터

---

24 반달돌칼: 곡물의 이삭을 따는 데 쓰인 청동기 시대의 농기구. '반월형석도(半月形石刀)'라고도 한다.
25 잉여생산물(剩餘生産物): 농민과 노동자가 자기의 생존에 필요한 생산물 이상으로 생산한 생산물.

이다. 무덤은 청동기 시대에 와서 정형화되고 집단적으로 만들어지기 시작했다. 청동기 시대에 만들어진 무덤은 고인돌26 · 돌널무덤27 · 돌무지무덤28 등이 있고, 철기 시대에 만들어진 무덤인 널무덤29과 청동기시대부터 독특한 양상으로 만들어지기 시작해 초기 철기시대를 거쳐 삼국시대에 전성기를 이루었던 독무덤30 등이 있다. 군장31들은 죽은 뒤에는 그들의 권위를 상징하기 위하여 보통 씨족들과는 다른 무덤을 썼다. 고인돌과 돌널무덤이 그것으로, 껴묻거리32로 청동검, 청동 거울 등을 함께 묻었다.

---

26 고인돌: 선사 시대의 무덤의 한 가지. 큰 돌을 몇 개 둘러 세우고, 그 위에 넓적한 돌을 얹었음. 지석묘(支石墓). 돌멘(dolmen).

27 돌널무덤: '석관묘(石棺墓)' 또는 '석상분(石箱墳)'이라고도 한다. 고인돌과 함께 우리나라 청동기 시대를 대표하는 무덤 형식이다. 구덩이를 파고 판돌 · 괴석 · 할석 등을 써서 돌널을 만들어 주검을 묻는다.

28 돌무지무덤: 적석총(積石塚)이라고도 한다. 신석기 시대부터 삼국 시대 초기에 걸쳐 축조된 무덤 형식의 하나로 주검을 넣은 돌널 위에 돌을 쌓아 올려 만든 무덤.

29 널무덤: 토광묘(土壙墓)라고도 한다. 철기 시대에 만들어진 무덤으로 긴 네모꼴로 된 구덩이에 직접 시체를 넣거나 나무로 짠 관을 넣고 그 위에 흙을 쌓아 올린 무덤.

30 독무덤: 옹관묘(甕棺墓)라고도 한다. 시체를 큰 독이나 항아리 따위의 토기에 넣어 묻은 무덤.

31 군장(君長): 원시 부족 사회의 우두머리.

32 껴묻거리: 부장품(副葬品)이라고도 한다. 시체와 함께 묻는 패물이나 그릇 및 연장 따위.

경제력과 정치권력을 가지고 있어 많은 인력을 동원해 무덤을 만들 수 있는 지배층이 나타났고, 평등 사회가 계급 사회로 바뀌어 가고 있다는 것을 보여 주는 대표적인 무덤이 고인돌이다. 경상남도 김해시 구산동 고인돌은 길이 10미터, 너비 4.5미터, 높이 3.5미터, 무게 350~400톤 규모로 주위에 길이 85미터 이상, 너비 19미터의 할석33을 깐 기단묘34이다. 매장 주체부에서 토광목관묘35 1기와 한반도에서는 서기전 2~1세기에 통용했던 옹형토기36 1점, 두형토기37 1점이 출토되기도 했다. 출토된 유물에 비춰 제작 시기는 서기전 2~1세기로 추정된다. 따라서 구산동 고인돌이 조성된 시기는 서기전 2~1세기 무렵이 될 수밖에 없다. 구산동 고인돌의 조성 시기가 주목받는 것은 가락국(금관가야)의 건국 시기와 맞물려 있기 때문이다.

철기라는 선진 문물을 가지고 북방에서 김수로 집단이

---

33 할석(割石): 깬 돌.
34 기단묘(基壇墓): 기단(基壇), 즉 바닥 시설을 갖춘 무덤.
35 토광목관묘(土壙木棺墓): 구덩이를 파고 시신을 안치한 목관을 묻은 무덤.
36 옹형토기(甕形土器): 점토 띠를 나선형으로 감아올려 성형하였고, 좁고 편평한 바닥과 아가리가 오므라드는 토기.
37 두형토기(豆形土器): 굽다리가 달린 그릇으로 신라·가야에서 주로 만든 토기의 하나로 굽다리접시·굽그릇·고배(高杯)·두(豆)라고도 한다.

내려오기 전에 김해를 중심으로 하는 김해 지역에는 작은 분지를 꿰뚫고 흐르는 해반천 가 등지에서 고인돌을 만든 구간사회[38] 사람들이 집단을 이루어 살아갔다. 『삼국유사』 「가락국기」에 등장하는 아도간·여도간·피도간·오도간·유수간·유천간·신천간·오천간·신귀간 등 구간들이 구간사회 사람들을 영도하고 있었다.

길이 10미터, 너비 4.5미터, 높이 3.5미터, 무게 350~400톤 규모로 주위에 길이 85미터 이상, 너비 19미터의 할석을 깐 기단묘를 조성한 집단은 이미 상당한 권력을 가진 정치 집단이라고 할 수 있다. 거대한 고인돌을 쌓아서 만들기 위해서는 막대한 인력과 전문적인 기술이 필요하며 이러한 인력의 동원은 잉여 생산물의 축적과 정치적 지도력이 존재할 때 가능한 것이기 때문이다. 김해시 내동의 내동 고인돌은 고인돌 하부에서 한국식 동검 1점과 검은간토기[39]가 출토되었다. 김해시 무계동에 있는 무계리 고인돌은 길

---

38 구간사회(九干社會): 김수로왕이 김해 지역에 가락국을 건국하기 전에 9명의 간(干)들이 가락 9촌을 다스리던 시기를 구간사회라고 부른다. 구간사회는 사로국의 성립 기반이 되는 신라 경주의 6촌장 사회의 모습과 비슷하다고 추정된다.

39 검은간토기: 토기의 겉면이 검은색을 띠고, 갈아서 광택이 나기 때문에 검정토기·흑색토기·흑색마연토기(黑色磨研土器)·흑도(黑陶) 등으로도 불린다.

이 11미터, 넓이 4미터 이상 되는 남방식 고인돌로 돌덧널 내부에서 의기화40한 석검41과 3점의 청동 화살촉이 나왔다.

구산동에서 거대한 고인돌이 축조될 때 다호리에서는 거대한 통나무 덧널무덤42이 축조되고 있었다. 경상남도 창원시 의창구 다호리에 소재한 다호리 고분군은 해발 433미터의 구룡산 북서쪽으로 뻗어 내린 해발 20미터 정도의 구릉 일대와 평지에 유구가 분포되어 있다. 한국식 동검 문화의 전통을 지닌 상당한 정치 세력의 집단 묘역으로 파악되고 있는 70여 기의 덧널무덤과 철제무기, 청동무기, 농공구, 각종 칠기류, 붓, 한식 거울43, 오수전44 등 많은 껴묻거

---

40 의기화(儀器化): 의례 때 사용하는 도구화 된.

41 석검(石劍): 돌로 만든 칼.

42 덧널무덤: 목곽묘(木棺墓)·목곽봉토분(木槨封土墳)·목곽분(木槨墳)·나무곽 무덤이라고도 한다. 초기 철기 시대에서 원삼국 시대에 이르는 대표적인 무덤 형식의 하나로 널을 넣어 두는 널방을 나무로 짜 맞춘 무덤 양식.

43 한식(漢式) 거울: 한경(漢鏡). 중국 전한(前漢)·신(新)·후한(後漢) 시대의 거울을 통칭하는 것이다. 우리나라 대동강 유역을 중심으로 한 서북한 지역의 한군현(漢郡縣)이 자리한 곳과 영남 지방의 널무덤(木棺墓), 덧널무덤(木槨墓) 유적에서 주로 발견된다. 영남 지방에서는 이들 거울을 모방한 방제경(倣製鏡)이 전한다.

44 오수전(五銖錢): 중국 한(漢)나라 무제(武帝) 원수(元狩) 4년(서기전 119년)에 처음으로 주조한 화폐.

리가 부장되어 있던 1호 묘였다. 1호 묘에서 출토된 유물 가운데 붓 5자루와 삭도[45]는 한자가 서기전 100년 전쯤 한반도 남부에 전래되었고, 가야 문화권에서 이른 시기부터 한자를 사용하고 있었음을 말해주고 있다. 다호리 고분군의 분묘들은 청동으로 만든 청동기로 띠고리[46] · 성운경[47] · 한식거울 · 동검[48] · 동투겁창[49] 등을 집중적으로 소유하고 있던 지배 계층의 분묘였다. 그 밖에 철(鐵)로 만든 무기류로는 쇠검[50] · 꺾창[51] · 쇠투겁창[52] 등이 있고, 철로 만든 농 · 공구류로는 날 끝이 뾰족한 따비 · 쇠도끼[53] · 납

---

45 삭도(削刀): 목간(木簡)에 잘못 쓴 글씨를 깎아내는 쇠칼.

46 띠고리: 대구(帶鉤). 띠를 매기 위해 양 끝을 서로 끼워 맞추는 고리.

47 성운경(星雲鏡): 초기 국가 시대에 한반도 북부 낙랑으로부터 유입된 동제(銅製) 거울이다.

48 동검(銅劍): 구리나 청동으로 만든 칼.

49 동투겁창: 동모(銅矛)라고도 한다. 창의 일종으로 끝에 나무 자루를 끼우고 창 끝에 달려있는 반원형의 고리에 고정시켜 사용한다.

50 쇠검: 철검(鐵劍)라고도 한다. 쇠로 만든 칼로 초기철기 시대 이후에 사용된 공격용 철제 무기.

51 꺾창: 철과(鐵戈)라고도 한다. 초기 철기시대에 쇠로 만든 창으로 적을 찍거나 베는 데 사용한 무기이다. 긴 자루를 직각으로 끼우고 두 구멍에 끈을 묶어 사용하였다.

52 쇠뚜껍창: 철모(鐵矛)라고도 한다. 찌르거나 벨 수 있는 창.

53 쇠도끼: 철부(鐵斧)라고도 한다. 내려치는 짧은 무기로서 대도(大刀)와 마찬가지로 육박전을 할 때 쓰인 무기였다.

작도끼54·낫55·단야공구56의 하나인 쇠몽둥이57 등이 있고, 칠기58로는 칼집·활·화살·붓·부채·배59·합60·소쿠리 등이 있다. 토기로는 청동기 시대의 대표적인 토기의 하나인 민무늬 토기와 와질 토기 등이 출토되었다.

한편 2014년 대성동고분군 애구지 언덕 정상에 단독으로 위치하고 있으며, 청동기 시대 후기에 조성된 것으로 추정되는 대형 고인돌이 발굴되었다. 돌널 내부에서 붉은 간토기 1점, 돌 화살촉 28점이 출토되었다. 돌 화살촉 가운데 10점에서 화살대 흔적이 확인되었다. 충전석 사이에서는 붉은 간 토기, 민무늬 토기 등이 출토되었다. 많은 양의 돌 화

---

54 납작도끼: 판상철부(板狀鐵斧). 판 모양의 얇은 쇠로 만든 도끼. 도구를 만드는 중간 재료나 화폐로도 쓰였다. 4세기 이후가 되면 날이 없어지며 도끼로서의 기능을 상실하고 덩이쇠(철정)로 변화한다.

55 낫: 겸(鎌)이라고도 한다. 풀을 베는 연장. '장병겸(長柄鎌)'은 긴 자루가 달린, 낫 모양의 무기로 상대편의 배를 걸어 잡아당기거나 멀리 떨어져 있는 적의 목을 벨 때 쓰였다.

56 단야공구(鍛冶工具): 쇠붙이를 불에 달구고 두드려서 연장이나 무기 따위로 만드는 공구.

57 쇠몽둥이: 철추(鐵鎚) 또는 철퇴(鐵槌)라고도 한다. 무구(武具)의 하나로 긴 자루의 끝에 쇠뭉치가 달린 형태이다. 이러한 쇠몽둥이는 원래 실전에서 가격할 수 있는 무기였지만, 지휘관의 지휘봉으로도 사용되었다.

58 칠기(漆器): 옻칠같이 검은 잿물을 입힌 목기.

59 배(杯): 나무로 만든 술잔.

60 합(盒): 음식을 담는 놋그릇의 하나.

살촉이 함께 묻혀 있었던 것으로 보아 김해 지역의 청동기 문화를 이끌었던 인물의 무덤이었을 것으로 추정된다.

그리고 2021년, 1세기 전반 무렵에 조성된 것으로 추정되는 김해시 신문동 유적의 신문동 1호 널무덤을 발굴한 결과 일광경[61], 수정 팔찌, 철검[62], 주머니호, 덧띠토기[63] 등이 출토되었다. 특히 문자가 양각[64]된 청동거울인 일광경에 '햇빛이 나타나면 천하가 크게 밝아진다'는 의미의 '견일지광천하대명(見日之光天下大明)'이 새겨져 있어 시선을 끈다.

구산동 고인돌과 다호리 통나무 목관묘가 축조된 시기가 서기 42년에 건국한 금관가야의 등장 시기와 맞물려 있다. 무게가 수십 톤이나 나가는 덮개돌을 캐내어 운반하고 무덤을 조성하기까지에는 많은 인력이 필요했을 것이다. 씨족원들 사이에서 지식과 경험이 뛰어나고 힘이 세어 재산

---

61 일광경(日光鏡): 서기전 1세기 후반경 전한(前漢)대에 만들어진 한(漢)나라식 청동거울의 하나.
62 철검(鐵劍): 쇠로 만든 칼. 초기철기 시대 이후에 사용된 공격용 철제 무기.
63 덧띠토기: 청동기 시대에서 초기철기 시대에 이르기까지 사용된 민무늬 토기의 한 형식이다. 토기의 입술 바깥에 단면원형·타원형·삼각형 등의 덧띠[粘土帶]를 말아 붙여 입술 부분을 보강한 토기로서 점토대토기(粘土帶土器)라고도 한다.
64 양각(陽刻): 조각에서, 글자나 그림 따위를 도드라지게 새기는 일. 또는 그 조각. 돋을새김.

과 권력을 가지게 된 군장들은 자신을 청동으로 만든 무기로 무장하고, 청동으로 장식한 말을 타고 다니면서 세력을 확장했다. 뿐만 아니라 자신이 절대적인 권위를 가진 '하늘의 자손'이라는 선민사상65을 가진 군장은 하늘의 계시를 받아 사람을 다스린다고 생각했다. 군장은 종교적 의식을 주관하는 무당의 역할도 하였다.

정치적 지배권을 가진 군장이 하늘에 제사를 지내는 일과 주민들을 다스리는 일을 같이하는 사회를 제정일치의 사회라고 한다. 이 무렵 초기 국가가 형성된 것이다. 초기 국가는 부족국가66 · 성읍국가67 · 군장국가68 · 소국69이라

---

65 선민사상(選民思想): 특정 민족이나 집단이 신적 존재에게 선택된 우월한 민족이라고 믿는 사상.

66 부족국가(部族國家): 원시 사회에서 부족에 의해 형성된 국가.

67 성읍국가(城邑國家): 원시 국가에서 고대 국가로 발전하는 과도기적 단계의 국가. 고대국가의 초기 형태를 일반적으로 부족국가(部族國家)라고 호칭하였으나, 그 개념이 다소 모호하기 때문에 1970년대 초부터 한국 사학계에서 성읍국가라고 부르기 시작했다.

68 군장국가(君長國家): 미국의 신진화주의(新進化主義) 인류학자들의 국가형성 단계론이 한국에 소개되면서 부족국가 또는 성읍국가 대신 '군장국가'로 부르자는 견해가 대두하였다. 이것은 서비스(Service, E. R.), 살린스(Sahlins, M. D.) 등이 국가(state) 바로 이전의 단계를 나타내는 용어로 사용한 '치프덤(chiefdom)'을 번역한 것이다.

69 소국(小國): 1천 제곱킬로미터 정도의 영역과 1만 명 정도의 인구를 가진 초기 국가 시대의 성읍국가를 소국이라고 부른다.

고도 한다. 김해 지역의 무덤이 고인돌·독무덤·돌널무
덤에서 널무덤·덧널무덤으로 바뀌었던 것은 청동기문화
가 철기문화로 교체되었다는 것을 말해주고 있다. 구간사
회가 금관가야의 건국이라는 전환점을 맞게 된 것이다.

2. 금관가야의 건국

천지가 개벽한 뒤에 이 땅1에는 아직 나라 이름도 없었
고, 임금과 신하의 호칭도 없었다. 그때를 지나서 아도간,
여도간, 피도간, 오도간, 유수간, 유천간, 신천간, 오천간,
신귀간 등 구간(干)2이 있었다. 이들 구간은 수장3으로서
휘하에 백성을 거느렸다. 백성들이 무릇 1백 호4에 7만 5

---

1 이 땅: 지금의 경상남도 김해시 지방으로 본래는 가락국(금관가야)이었다. 신라
　에 편입된 이후로는 금관(金官) 또는 금주(金州)라고 불렀다.

2 구간(干): 『삼국사기』 열전 김유신 상에 "수로왕이 구지봉에 올라 가락구촌(駕洛
　九村)을 바라보았다'라고 기술되어 있다. 김수로왕이 김해 지방에 출현하기 이전
　에 가락구촌이 있었다는 전승이 비교적 오래전에 형성되어 있었다는 것을 보여
　주고 있다. 구간(九干)이 추장(酋長)이라고 표기되었듯이 가락 9촌(九村)에 지도
　자들이 존재하였음을 보여준다는 견해와 구간이 다스리는 구간사회를 국가형성
　론 상에서 볼 때 추장사회(Chiefdom)의 단계로 비정하는 견해가 있다. 그리고
　구간사회를 '읍락 사회'라는 개념으로 이해하는 견해도 있다. 또한 구간은 김해
　지역에 산재하던 작은 단위 세력 집단들인 9촌의 추장들로서, 그들은 김수로왕
　의 강림 전부터 이미 존재하던 재지 세력(在地勢力)으로 보는 견해도 있다.

3 수장(首長): 집단이나 단체를 지배·통솔하는 사람. 우두머리.

4 1백 호: 여기에 대해서는 1백 호(一百戸)의 '백(百)'자는 '만(萬)'자의 착
　오로 보고 있는 견해, 『삼국지(三國志)』 「위서」 '오환선비동이전 한(韓)'조의 "대국
　(大國)은 4~5천 가, 소국(小國)은 6~7백 가 총 45만 호"라는 기록을 근거로 4
　천~5천 가(家)로 보고 있는 견해가 있다.

천 명이었다. 그들은 스스로 산과 들에 무리 지어 살며, 우물을 파서 물을 마시고, 밭을 갈아 곡식을 거둬 먹고살았다.

마침 그때 후한5의 세조 광무제6 건무7 18년 임인년(서기 42년) 봄 3월 계욕일8에 사는 곳의 북쪽 구지봉9에서 이상한 소리가 부르는 것이 있었다. 백성 2, 3백 명이 그곳에 모였다.

"여기에 누가 있느냐?"

사람의 소리 같기는 하지만 그 모습을 숨기고 소리만 내서 말했다.

"우리들이 있습니다."

---

5 후한(後漢): 후한(25년~220년)은 전한(前漢, 서기전 202년~서기 8년)이 신(新) 나라의 왕망(王莽, 서기전 45년~서기 23년)에 의하여 멸망한 이후, 한(漢) 왕조의 일족(一族)인 광무제(光武帝) 유수(劉秀)가 한 왕조를 부흥시킨 나라이다.

6 광무제((光武帝): 후한을 세운 세조 유수(劉秀)를 말한다. 왕위에 있은 기간은 서기 25년~57년이다.

7 건무(建武): 후한 광무제의 연호로 25년~55년에 사용하였다.

8 계욕일(禊浴日): 동으로 흐르는 물에서 제계 목욕하여 마음과 몸을 맑게 하고 천지신명에게 잡귀와 화를 쫓고 복을 부르는 치성을 드리는 제의를 말한다.

9 구지봉(龜旨峰): 조선 전기의 문신(文臣)들인 이행·윤은보 등이 『동국여지승람』을 증수하여 1530년에 편찬한 지리서인 『신증동국여지승람』 김해도호부 산천조에 구지봉에 관한 기록이 보인다. 원시 신앙에서 구(龜)를 영적 존재로 여겼을 것이며, 구지봉을 '굿'하는 봉우리로 한자로 음차했다고 보는 견해도 있다.

구간들이 대답했다.

"내가 있는 곳은 어디냐?"

또 말하였다.

"구지입니다."

구간들이 대답했다.

하늘이 나에게 명하기를, 이곳에 가서 나라를 새로 세우고 임금이 되라고 하였기 때문에 내려왔다. 너희들은 산봉우리 꼭대기의 흙을 파면서 노래를 부르기를,

거북아

거북아,

머리를 내밀어라.

만일 내밀지 않으면 구워서 먹겠다.

구하구하(龜何龜何)

수기현야(首其現也)

약불현야(若不現也)

번작이끽야(燔灼而喫也)

라고 하며 발을 굴러 춤을 추어라. 그러면 곧 대왕을 맞이

하게 되어 기뻐 뛰게 될 것이다.

구간들은 그 말에 따라 모두 기뻐하며 노래 부르고 춤추었다. 얼마 안 되어 우러러 쳐다보니 북쪽 구지봉의 하늘에서 자주색의 줄이 내려와 땅에 닿아 있었다. 줄의 아래를 살펴보니 붉은색의 보자기에 싸여 있는 금합10이 하나 있었다. 구간들이 그것을 열어젖히자 해같이 둥글고 빛나는 황금알 여섯 개가 있었다. 여러 사람들은 모두 놀라고 기뻐서 함께 몸을 펴서 백번 절하였다. 얼마 있다가 그 알을 싸서 안고 아도간의 집으로 돌아와 평상 위에 놓아두고 사람들은 각기 흩어졌다.

만 하루가 지난 그다음 날 아침에 사람들이 다시 모여 금합을 열어 보았다. 여섯 개의 알이 용모가 매우 훤칠한 어린아이로 변해 있었다. 그 아이들이 평상에 앉았다. 여러 사람들이 하례하는 절을 올리고 극진히 공경하였다. 그들은 나날이 자라 10여 일이 지나자 키가 아홉 자(尺)11나 되

---

10 금합(金盒): 금으로 된 상자.

11 자(尺): 척(尺). 척관법에서 길이를 재는 기본 계량 단위이다. 자는 1치의 10배, 1미터의 1/3에 해당한다. 고려 및 조선 초기에 32.21센티미터를 1척(1자)으로 했으나 1430년에 31.22센티미터, 일제강점기 때는 곡척이었다가 미터법의 실시에 따라 33.33센티미터로 통용되었다.

어 은나라12의 천을13과 같았고, 얼굴은 용처럼 생겨서 한
나라14의 고조15와 같았다.

눈썹이 8가지 색깔인 것은 당(唐)나라의 요(堯)임금과 같
았고, 눈동자가 겹으로 된 것이 우(虞)나라16의 순(舜)임금과
같았다.

그달 보름날에 왕위에 올랐다. 처음 세상에 모습을 나타
났다고 하여 이름을 수로17 혹은 수릉18이라고 하였다.

나라 이름을 대가락19이라 하고, 또는 가야국20이라고도

---

12 은(殷)나라: 상(商)나라고도 한다. 20세기에 들어서 그 수도에 해당하는 은허(殷
　墟)의 발굴로 은왕조의 역사가 밝혀지기 시작했다. 건국 연도는 서기전 1760년
　~서기전 1520년이며 멸망 시기는 서기전 1122년~서기전 1030년으로 추정된
　다.
13 천을(天乙): 은(殷)나라의 탕왕(湯王).
14 한(漢)나라: 서기전 202년~서기전 220년, 유방이 진(秦)나라에 이어 중국을
　통일하고, 장안에 도읍.
15 고조(高祖, 서기전 247년~서기전 195년): 유방(劉邦). 한(漢)나라의 초대 황제.
16 우(虞)나라: 중국의 서주 시대(서기전 1100년~서기전 771년)와 춘추시대(서기
　전 770년~서기전 403년)에 존재했던 나라.
17 수로(首露): 여러 알 중에서 처음으로 나타났다는 뜻에서 나왔다는 견해가 있
　고, 이는 '용출(聳出)', '용출(湧出)', '증고(增高)'를 뜻하는 한국어 고어(古語)의
　'수리'·'술'·'솔'에 해당하는 말로, '고위(高位)', '수위(首位)', '신성(神聖)'을 뜻
　한다고 보는 견해가 있다. 가락국의 시조인 김수로는 대체로 이주민이거나 또
　는 이주민으로서의 명분을 아직 잃지 않은 사람으로 추정하는 견해가 있다.
18 수릉(首陵): 김수로왕이 죽은 후의 시호이다.
19 대가락(大駕洛): 대가야(大加耶)와 같은 말이다. 가야 여러 나라 가운데 가야
　또는 가라라는 명칭을 쓰는 나라는 김해 지역의 금관가야와 고령 지역의 대가

하였다. 곧 여섯 가야[21] 중의 하나이다. 나머지 다섯 사람도 각각 임지로 돌아가 다섯 가야의 군주가 되었다. 동쪽은 황산강, 서남쪽은 창해, 서북쪽은 지리산, 동북쪽은 가야산이며 남쪽은 나라의 끝이었다.

김수로왕은 임시로 궁궐을 짓게 하여 들어가 거처했다. 다만 꾸민 데가 없이 수수하고 검소하여 지붕에 이은 이엉을 자르지 않았으며, 흙으로 쌓은 계단은 3자(尺)이었다.

김수로왕 2년 계묘년(43년) 겨울 정월이었다.

"짐이 왕도를 정하여 설치하려고 한다."

김수로왕이 말했다.

이내 수레를 타고 임시 궁궐의 남쪽 신답평[22]에 나가 사방의 산악을 바라보았다.

야뿐이다. 전기 가야의 대가야는 김해 지역의 가야였고, 후기 가야의 대가야는 고령 지역의 가야였다. 가야 여러 나라의 시작은 김해 지역의 가락국(금관가야)이었기 때문에 금관가야를 본가야라고 부르기도 한다.

20 가야국(加耶國): 넓은 의미로는 고대 낙동강 중·하류 유역을 중심으로 형성된 가야 소국들에 대한 총칭이라 할 수도 있으나 좁은 의미로는 지금의 경상남도 김해 지역에 위치하였던 금관가야를 지칭한다.

21 여섯 가야(加耶): 맹주국을 제외하고 그 이외의 소국들을 말할 때는 오가야라 하고, 맹주국까지 합하여 말할 때는 육가야라고 할 수 있다.

22 신답평(新畓坪): 이는 옛날부터 묵은 밭인데 새로 경작했기 때문에 이렇게 불렀다. 답자(畓字)는 속자(俗字)이다.

"이곳은 땅이 마치 여뀌 잎과 같이 협소하지만 아름답기 그지없다. 16나한[23]이 머물 만한 곳이라 할 수 있다. 하물며 1에서 3을 이루고, 3에서 7을 이루니[24] 7성인[25]이 살 곳은 여기가 가장 적합하다. 이 땅에 의지하여 강토를 개척해서 마침내 좋은 곳을 만드는 것이 어떻겠느냐."

김수로왕이 좌우 사람을 돌아보고 말했다.

이곳에 1,500보 둘레의 나성[26]과 궁궐·전우[27] 및 여러 관청의 건물과 무기를 보관하는 창고와 곡식 창고의 터를 정해 두고 궁궐로 돌아왔다. 널리 나라 안의 장정, 인부, 공장[28]들을 불러 모아 그달 20일에 성곽을 쌓기 시작하여 3월 10일에 공사를 끝냈다. 그 궁궐과 옥사[29]는 농사일에 바쁘지 않은 때를 기다려지었다. 그해 겨울 10월[30]에 비로소 시

---

23 16나한(羅漢): 석가의 16제자. 영세에 살면서 불법을 보호한다고 한다.

24 1에서 3을 이루고, 3에서 7을 이루니: 음양오행설(陰陽五行說)에서 숫자 1을 상징하는 물(水)로부터 3을 상징하는 나무(木)가 나오고, 그 나무에서 숫자 7을 상징하는 불(火)이 생긴다는 것을 말하는 것이다.

25 7성인(聖人): 황제(皇帝)·방명(方明)·창우(昌寓)·장약(張若)·습붕(諧朋)·곤혼(昆閽)·골계(滑稽).

26 나성(羅城): ① 성의 외곽. ② 외성(外城).

27 전우(殿宇): 신령이나 부처를 모신 집.

28 공장(工匠): 공방에서 연장으로 물품을 만들던 사람.

29 옥사(屋舍): 집. 건물.

작하여 김수로왕 4년(44년) 겨울 2월에 완성되었다. 좋은 날을 가려서 새 궁궐로 이사하여, 여러 가지 국정을 다스리고 일반 사무도 부지런히 보살폈다.

가야의 건국 신화는 내용상 두 종류의 신화가 전해진다. 하나는 『삼국유사』 권2 「기이」2 '가락국기'조에 인용된 「가락국기」의 「김수로왕 신화」로서 경상남도 김해를 중심으로 한 금관가야의 것이고, 또 다른 하나는 『신증동국여지승람』 권29 '고령현 건치연혁'조에 전하는 「이진아시왕 신화」로서 경상북도 고령을 중심으로 한 대가야의 것이다. 전기 가야 시대에 12국, 후기 가야 시대에 22국이 병립했던 가야에서 건국 신화가 금관가야와 대가야에만 전한다는 것에 주목할 필요가 있다. 이것은 600년 가야사에 있어 금관가야와 대가야, 두 나라만이 대국이었다는 가능성을 나타내주는 한편 고구려·백제·신라와 다르게 가야에는 통일된 중앙정치체가 없었다는 점을 말해주고 있는 것이다.

---

30 겨울 10월: 『삼국사기』와 『삼국유사』 등 고대의 역사책에 기록된 달을 세는 단위인 월(月)은 음력이 기준이다. 따라서 『김수로왕-금관가야의 역사와 문화』에 나오는 월(月)은 모두 음력 기준으로 기술하였으며, 착오를 피하고자 '겨울 10월' 등으로 기술하였다.

「김수로왕 신화」는 고려 시대 문종31대강32연간에 금관 지주사33를 지낸 문인이 지은 것으로 일연이 『삼국유사』에 그것을 줄여서 실은 것이다.

금관가야의 건국 신화는 원래 남북조시대 때 편찬된 『개황록』34과 김장청이 쓴 『김유신행록』35 10권, 「수로왕릉 비문」 등을 참조하여 고려 시대 금관 지주사가 지은 『가락국기』를, 일연이 『삼국유사』를 쓸 때 요약하여 실은 '가락국기'조에 기록되어 있다. 그리고 『삼국사기』 권41 「열전」1 '김유신36 상'조에 김수로왕에 대한 기록이 보인다.

---

31 문종(文宗): 고려 제11대 왕으로 재위 기간은 1046년~1083년이다.

32 대강(大康): 요(遼) 도종(道宗)의 연호로 1075년~1085에 사용하였다.

33 금관 지주사(金官知州事): 고려 시대 김해 지역을 다스리던 관리의 명칭. 고려 광종 22년(971년)에 금주도호부(金州都護府)로 승격되었고, 현종 3년(1012년)에 금주(金州)로 개칭되었다.

34 개황록(開皇錄): 금관가야에 관한 역사서로 개황 연간(수 문제의 연호, 581년~600년)에 편찬된 것으로 추정되며, 현재 전해지지 않아 그 내용이나 체제에 대해서는 알 수 없다.

35 김유신행록(金庾信行錄): 김유신의 현손(玄孫, 손자의 손자. 고손)인 김장청이 8세기 후반에 지은 책으로 김유신의 평생을 기록한 전기이다.

36 김유신(金庾信): 김수로왕의 12세손으로 532년에 멸망한 금관가야의 왕족이다. 『삼국사기』·『삼국유사』 등 역사서의 기록에 의하면, 김유신의 아버지는 각간 김서현, 할아버지는 각간 김무력, 증조할아버지는 구형왕, 고조할아버지는 겸지왕이었다.

김유신은 왕경인[37]이다. 그의 12세 할아버지는 김수로인데, 어디 사람인지 알지 못한다. 김수로는 후한 건무 18년 임인(42년) 구봉[38]에 올라 가락의 9촌[39]을 살펴보고 마침내 그곳에 가서 나라를 열고 이름을 가야라고 했다. 뒤에 나라 이름을 금관국으로 고쳤다. 그 자손들이 대대로 이어져 김수로의 9세손인 김구해[40]에 이르렀는데, 그는 혹은 구차휴라고도 하며 김유신에게 증조할아버지가 된다. 신라인들은 스스로 소호 김천씨[41]의 후예이므로 성을 김씨로 한다고 하였다. 「김유신비」에도 "헌원[42]의 후예요, 소호의 자손이다."[43]라고 했으니, 곧 남가야[44]의 시조 김수로왕과 신라의 왕실은 성씨가 같은 셈이다.

---

37 왕경인(王京人): 신라 왕도인 경주에 사는 사람을 지칭한 말이다.

38 구봉(龜峯): 지금의 경상남도 김해시 구산동에 있는 산인 구지봉을 말한다.

39 가락(駕洛)의 9촌: 가락의 구간이 다스리던 각각의 촌(村)의 이름을 총칭한 것으로 보인다.

40 김구해(仇亥): 금관가야의 제10대 왕으로 금관가야의 마지막 왕이다. 구형왕.

41 소호 김천씨(少昊金天氏): 중국 상고시대의 제왕. 이름은 현효(玄囂) 혹은 설(挈)이라고 한다.

42 헌원(軒轅): 중국 상고시대의 전설적인 제왕인 황제(黃帝)의 이름.

43 "헌원의 후예요, 소호(少昊)의 자손이다.": 이 구절은 김유신 가문이 신라 중대 왕실과 더불어 동일한 소호 김천씨 출자(出自) 관념을 가지고 있었음을 보여주며, 결국 신라의 중대(中代) 왕실과 김유신 가문이 동성(同姓)인 혈족(血族)으로 인식하였음을 의미한다는 견해가 있다.

44 남가야(南加耶): 남가라(南加羅). 남쪽의 가야라는 뜻으로, 가락국(가라국, 금관국)을 의미한다.

『삼국유사』와 더불어 한국 고대사 연구를 위한 필수 사료인 『삼국사기』의 권41 「열전」1 ‘김유신 상’조에는 가락국(금관가야)의 건국 시조와 구체적인 건국 연도 등이 기록되어 있다.

특히 『삼국유사』 권2 「기이」2 ‘가락국기’조에는 김수로왕과 허왕후의 이야기로 구성된 금관가야 건국 신화인 「김수로왕 신화」가 실려 있어, 가야사를 이해하는 데 도움을 주고 있다. 「김수로왕 신화」는 아도간 등 구간이 다스리는 김해 지방에 유이민인 김수로 집단이 들어가 통합된 정치 집단인 금관가야를 형성하는 과정을 전하고 있다. 하늘에서 내려온 알에서 깨어난 김수로왕이 토착 세력인 구간의 추대로 왕위에 올랐고, 김수로왕이 하늘에서 내려온 금합 안에 담겨 있던 6개의 황금알 중 하나에서 깨어났다는 점이 주목된다. 「김수로왕 신화」에는 천강신화[45]의 요소와 난생신화[46]의 요소가 모두 담겨 있다. 「김수로왕 신화」에 기

---

45 천강신화(天降神話): 하늘의 뜻을 수행할 국조가 탄강(誕降)해 결혼을 하고 나라를 세워 다스리다가 지상을 떠나는 형식의 신화. 천손강림신화(天孫降臨神話).

46 난생신화(卵生): 시조신이 알이나 난형의 것으로부터 태어났다는 신화. 동명왕·탈해왕·박혁거세·김수로왕 등의 신화가 여기에 속한다.

술된 자색과 홍색은 태양과 관련된 빛깔이다. 그리고 금합과 황금알은 태양을 상징하고 있다. 김수로왕이 태어난 것을 태양에서 구하고 있다고 볼 수 있는 것이다.

구간이 다스리는 김해 지방의 전체 호구 수가 100호라고 한 것은 1호당 인구가 7만 5천 명이 된다는 것으로 이해하기 어려운 이야기다. 1만 호를 잘못 쓴 것일 가능성이 크다. 그리고 인구가 7만 5천 인이었다고 하는 것은 『삼국지』「위서」 '오환선비동이전 한(韓)'조에 "변한과 진한을 합하여 24국인데, 큰 나라는 4천~5천 가(家), 작은 나라는 6백~7백 가이며, 총 4만~5만 호이다"라는 기록을 참고하면 한 가구당 7.5명 정도의 식구가 살았다 하니까 수긍이 가는 대목이다. 한편 김수로왕이 후한 건무 18년(서기 42년)에 하늘에서 내려와 금관가야를 세웠다는 것에 대해 그 신빙성을 둘러싸고 여러 견해가 있다. 이 무렵 김해 부근의 창원시 다호리 1호묘와 김해시 양동리 유적의 덧널무덤과 봉황대 회현동 조개무지 등에서 철기 문화 유적이 나타나기 시작하는 사실을 고려하면 김수로왕이 이러한 문화 발전을 토대로 서기 42년에 가락국을 건국했다는 것은 어느 정도 개연성을 인정할 수 있다. 그러나 2세기 후반이 되면 김해 지방에 대형 덧널무덤과 신식 와질 토기가 나타나며, 많은 양의 철제 무기와 함께 고리칼47이 새로이 등장하는 것을 볼 때 금관가야의 성립 시기를 2세기 후반으로 봐야 한다는 견해도 있다.

「김수로왕 신화」보다 후대에 만들어진 대가야(반파국)의 「이진아시왕 신화」는 「김수로왕 신화」만큼 풍부한 내용을 가지고 있지 않다.

조선 시대 중종 25년(1530년)에 중종의 명에 의하여 이행·윤은보 등이 증수, 편찬한 『신증동국여지승람』 권29 고령현 건치연혁조에 신라의 분인 최치원이 지은 승려 이정의 전기인 「석이정전」을 인용하여 「이진아시왕 신화」가 실려 있다.

> 본래는 대가야국이다.[자세한 것은 김해부 산천편을 보라.]48 시조는 이진아시왕이다.[내진주지라고도 한다.] 그로부터 도설지왕까지 대략 16세 520년이다.
>
> [최치원의 석이정전을 살펴보면, "가야산신 정견모주가 천

---

47 고리칼: 환두대도(環頭大刀). 손잡이 머리 부분이 고리 모양을 이룬 칼. 5~6세기 대가야의 지배층의 무덤에서 주로 출토되어 금은 장식을 띠고 있다.

48 [　]：원주(原註)를 표시한 것이다.

신[49]인 이비가지에게 감응[50]되어 대가야의 왕 뇌질주일과 금관국의 왕 뇌질청예 두 사람을 낳았다."라고 되어 있다. 뇌질주일은 곧 이진아시왕의 별칭[51]이고, 뇌질청예는 수로왕의 별칭이다. 그러나 이는 가락국 옛 기록인 여섯 알 전설과 더불어 모두 근거가 없고 허황하여 믿을 수 없다. 또 석순응전에는, "대가야국의 월광태자는 정견의 10세손이다. 그의 아버지는 이뇌왕이며, 신라에 혼인을 청하여 이찬 비지배의 딸을 맞아 태자를 낳았다. 라고 되어 있으니, 이뇌왕은 곧 뇌질주일의 8세손이 되는 셈이다. 그러나 이 또한 참고할 것이 못 된다.]

『신증동국여지승람』 권29 '고령현 건치연혁'조에는 대가야 시조는 이진아시왕(뇌질주일)과 금관국(금관가야)의 시조 뇌질청예가 형제라는 것과 대가야가 시조 이진아시왕부터 마지막 왕 도설지왕까지 16세 520년간 존속했다는 것이 기술되어 있다. 그리고 『삼국사기』 권34 잡지3 「지리1 신라」, '고령군'조에 "고령군은 본래 대가야국이니 시조인 이

---

49 천신(天神): 하늘의 신령.
50 감응(感應): 신심(信心)이 부처나 신령에 통함.
51 별칭(別稱): 달리 부르는 이름.

진아시왕[내진주지라고도 한다.]으로부터 도설지왕에 이르기까지 16세 520년이었는데, 진흥대왕이 쳐서 없애고 그 땅을 대가야군으로 삼은 것이다. 경덕왕이 이름을 고쳤으며 지금도 그대로 부른다. 거느리는 현은 둘이다.”라고 기록하고 있다. 즉, 이진아시왕을 대가야의 시조라고 기록하고 있는 것이다.

경상북도 고령군 대가야읍 장기리에 있는 암각화[52]에는 알터마을 입구 큰 바위에 겹둥근무늬, 십자무늬, 탈모양 등이 새겨져 있다. 겹둥근무늬는 풍요를 기원하는 태양신을 상징한 것으로 보이며, 십자무늬는 부족사회의 생활권을 표현한 것으로 보이고, 탈모양은 사람의 얼굴 형태를 하고 있다. 가야산신의 이름인 정견모주[53]는 여신으로 불교적인 성격이 강한 이름이다. 정견[54] 중의 한 덕목이다. 그런데

---

52 암각화(岩刻畫): 바위 표면에 새긴 그림. 바위그림.

53 정견모주(正見母主): 원래 가야산의 산신이었는데 천신 이비가지(夷毗訶之)에 감응한 바 되어 대가야의 왕 뇌질주일(惱窒朱日)[이진아시왕]과 금관가야의 왕 뇌질청예(惱窒靑裔)[김수로왕]를 낳은 것으로 『신증동국여지승람』 권29 '고령현 건치연혁'조에 실려 있다.

54 정견(正見): 불교 교리인 팔정도의 하나. 있는 그대로 올바로 보는 것. 바른 견해. [팔정도(八正道): 정견(正見), 정사(正思), 정언(正言), 정업(正業), 정명(正命), 정정진(正精進), 정사유(正思惟), 정념(正念).]

대가야가 불교를 수용하게 된 시기는 5세기 이후이기 때문에, 「이진아시왕 신화」는 후세에 원래의 모습에서 변용된 것으로 추정할 수 있다.

장기리 암각화는 그 근원을 가야산에 두고, 청동기 문화를 배경으로 가진 지신족과 철기문화를 배경으로 가진 천신족의 결합을 그 기본 요소로 하는 「이진아시왕 신화」와 관련이 있는 것으로 추정된다. 이진아시왕의 다른 이름인 뇌질주일에서 '붉은 해'로 풀이되는 '주일'[55]은 장기리 암각화에 새겨져 있는 겹둥근무늬와 연결된다. 「이진아시왕 신화」에서 주목되는 점은 금관가야 시조 김수로왕이 알에서 태어나는 것과는 달리 대가야 시조 이진아시왕이 천신인 이비가지와 가야산 산신인 여신 정견모주의 결합에 의해 태어났다는 것이다.

대성동 고분군·양동리 고분군·복천동 고분군·고촌리 고분군·가음정동 고분군에서 출토된 고고학적 유물들이 증명하듯이 낙동강 하구에 자리 잡은 금관가야가 전기 가야 시대의 중심국으로 선진 사회 상태였을 때, 경상도 내륙

---

55 주일(朱日): 붉은 해. 붉을 주(朱), 해 일(日).

에 자리 잡고 있던 반파국은 가야 소국의 하나로 후진 사회 상태에 머물러 있었다. 따라서 대가야 시조 이진아시왕이 형으로 금관가야 시조 김수로왕이 동생으로 되어 있는 「이진아시왕 신화」의 형제 관계 설정은 가야사의 전개 과정과 정반대이다.

5세기 이후 금관가야 사람들이 유입된 대가야는 크게 성장하였다. 5세기 후반 반파국은 후기 가야의 중심국으로 떠오르면서 원래의 이름이 대가야였던 금관가야를 동생으로 설정하고, 자신들을 형으로 설정했다. 그리고 반파국은 자신들의 이름을 '대가야'라고 스스로 칭했다. 이것은 전기 가야에서 금관가야가 차지하고 있던 맹주국의 지위를 대가야가 계승하겠다는 인식을 드러내 보인 것이라 할 수 있다.

김수로왕과 관련된 기록은 『삼국유사』·『삼국사기』·『신증동국여지승람』 외에 『고려사』[56]·『세종실록지리지』[57]와 『동사강목』[58]에도 존재한다. 『고려사』「지리지」에 경상도

---

56 고려사(高麗史): 조선 전기 문신 김종서·정인지·이선제 등이 왕명으로 고려 시대 전반에 관한 내용을 정리하여 편찬한 관찬 역사서.

57 세종실록지리지(世宗實錄地理志): 단종(端宗) 2년(1454년) 완성된 『세종장헌대왕실록』에 부록으로 수록된 지리서.

58 동사강목(東史綱目): 조선 후기 안정복이 고조선부터 고려 말까지의 역사를 집

금주[59]의 연혁을 서술하면서 김수로왕과 가락국에 관해서도 언급하고 있다. 구지봉 하늘에서 내려온 알의 개수가 6개가 아니라 1개라는 점이 『삼국유사』「가락국기」의 내용과 다를 뿐 『삼국유사』의 내용과 비슷하다. 그러나 김수로왕의 왕후인 허황옥에 관한 설화는 빠져 있다. 『세종실록지리지』에서는 구지봉 하늘에서 내려온 알의 개수가 1개라는 내용의 김수로왕 탄생 설화를 싣고 있다. 그리고 『동사강목』에서는 구간이 구지봉에서 제사를 지내고 있을 때 가락 9촌을 바라보고 내려온 김수로와 그의 형제들을 군주로 삼았다고 서술하고 있다. 김수로왕이 가락국을 건국하는 설화를 서술하면서 신이한 부분을 모두 제외한 것이 『동사강목』의 특징이다.

필한 역사서.

59 금주(金州): 지금의 경상남도 김해시.

3. 김수로왕과 탈해의 쟁패

가락국(금관가야)의 바다 가운데 어떤 배가 와서 닿았다. 금관가야의 김수로왕이 신하와 백성들과 더불어 북을 울리면서 맞이해 장차 금관가야에 머물도록 했다. 배가 그만 나는 듯이 달아나 계림의 동쪽 하서지촌[1] 아진포에 이르렀다. 그곳의 갯가에 아진의선이라는 한 노파가 살고 있었다. 그녀는 박혁거세왕(재위: 서기전 57년~서기 4년)의 해척[2]이었다.

"이 바다 가운데에는 본시 바위가 없는데 어찌해서 까치들이 모여서 울고 있는가?"

노파가 배를 바라보며 말했다.

노파는 배를 끌어당겨 살펴보았다. 까치가 배 위로 모여들었다. 그런데 배 안에는 길이가 20자이고, 넓이가 13자인 상자 하나가 놓여 있었다. 그 배를 끌어다가 나무숲 아

---

1 하서지촌(下西知村): 『삼국유사』 「기이」 '시조 혁거세 거서간'조에서 금산가리촌(한기부)에 속하는 동쪽 마을 중 하나로 그 명칭이 확인된다.

2 해척(海尺): 바닷가에서 고기잡이를 업으로 하는 사람.

래에 매어두었다. 이것이 흉한 일인지 길한 일인지를 알 수 없어서 하늘을 향해 맹세했다.

조금 있다가 노파가 궤를 열어보았다. 단정히 생긴 사내아이가 있었다. 또한 칠보3와 노비가 그 속에 가득 차 있었다. 노파가 7일 동안 잘 대접했다.

"나는 본래 용성국4의 왕자입니다."

사내아이가 말했다.

"……."

노파가 입을 꾹 다물고 사내아이를 바라보았다.

"우리나라에는 원래 스물여덟 용왕님이 있었습니다. 그들은 모두 사람의 모습으로 태어났으며 대여섯 살 때부터 왕위에 올라 백성들을 잘 다스려 천성을 바르게 가지도록 해주었습니다. 그리고 우리나라에는 8품 성골5이 있으나

---

3 칠보(七寶): 일곱 가지의 보배. 무량수경(無量壽經)에는 금·은·유리·파리(玻璃)·마노(瑪瑙)·거거(硨磲)·산호, 법화경에는 금·은·마노·유리·거거·진주·매괴(玫瑰).

4 용성국(龍城國): 정명국 혹은 완하국이라고도 했다. 완하는 또 화하국이라고도 했다. 용성은 왜의 동북쪽 1천 리 떨어진 곳에 있었다.

5 8품 성골(八品姓骨): 신라에는 성골(聖骨), 진골(眞骨), 6두품(六頭品), 5두품, 4두품의 골품제도(骨品制度)가 있었고, 그 외에 3·2·1두품(頭品)이 있었을 것으로 보이며, 이상의 2골(骨)과 6개의 품(品)을 합해서 8품 성골이라고 하였을 것으로 보인다. 신라 초기에 있었던 8품(八品)을 이에 부회한 것으로 보인다는 견해가 있다.

간택을 받는 일이 없이 모두 왕위에 올랐습니다. 그때 저희 아버지 함달파왕께서 적녀국6의 공주를 맞이하여 왕비로 삼았습니다. 오래도록 왕자를 낳지 못했습니다. 그래서 왕자를 낳게 해달라고 기도를 드렸습니다. 그런데 7년 만에 그만 커다란 알 한 개를 낳고 말았습니다. 이때 저희 아버지인 함달파왕께서 모든 신하를 모아 묻기를 '사람이 알을 낳았으니 옛날에도 오늘날에도 없는 일이다. 이것은 아마 좋은 일이 아닐 것이다'하고는, 곧바로 커다란 궤를 만들어 그때 아직 알에서 깨어나지 못했던 저를 그 속에 넣고 칠보와 노비들을 함께 배 안에 실었습니다. 부모님이 나를 배에다 실어 바다에 띄워 보내면서 빌기를, '아무쪼록 인연 있는 곳에 닿아 나라를 세우고 한 길을 이루도록 해 주시오'라고 했습니다. 그러자 갑자기 붉은 용이 나타나 배를 호위해 이곳까지 오게 된 것입니다."

사내아이가 말을 마쳤다.

사내아이는 지팡이를 끌고 두 사람의 노예를 데리고 토함산 위로 올라갔다. 그는 산마루턱에다 무덤 모양의 돌집

---

6 적녀국(積女國): 「석탈해 신화」에 나오는 나라. 탈해(脫解)의 어머니가 태어난 나라이다.

을 지었다. 그곳에 7일 동안을 머무르면서 성안에 살 만한 땅이 있는지 살펴보았다. 초승달처럼 생긴 한 산봉우리가 보이는데 오래 살 만한 땅 같았다. 그래서 그곳으로 내려가 살펴보았다. 바로 호공7의 집이었다.

이에 사내아이는 계책을 써서 몰래 숫돌과 숯을 그 집 곁에 묻어 놓았다. 이튿날 이른 아침에 그 집의 문 앞에 갔다.

"이 집은 우리 조상들이 살던 집이오."

사내아이가 말했다.

"그렇지 않다."

호공이 말했다.

사내아이와 호공은 서로 다투었다. 그러나 결판을 못 냈다. 그들은 관청에 고발하였다.

"무엇으로 이것이 너의 집이라는 것을 증명할 수 있느냐?"

관청에서 물었다.

"우리 조상은 본래 대장장이였는데 잠시 이웃 고을에 나

---

7 호공(瓠公):『삼국사기』「신라본기」에 본래 왜인으로 신라에 건너와서 박혁거세 거서간 38년(서기전 20년) 마한에 사신으로 파견되었으며 탈해왕 2년(58년)에는 대보(大輔)가 되었다고 기록되어 있다.『삼국유사』「기이」에 탈해왕 4년(60년)에 시림에서 알지의 탄강을 처음으로 발견하고 왕에게 아뢰었다고 기록되어 있다.

간 사이에 다른 사람이 차지하여 살고 있는 겁니다. 그러니 그 집 땅을 파서 조사해 보기를 청합니다."

사내아이가 말했다.

이 말에 따라 땅을 파보았다. 과연 숫돌과 숯이 나왔다. 이리하여 그 집을 빼앗아 살게 되었다.

이때 남해왕8은 그 사내아이, 즉 탈해가 지혜가 있는 사람임을 알고 맏공주를 그의 아내로 삼게 했다.

어느 날 탈해는 동악9에 올라갔다가 내려오는 길에 백의10를 시켜 물을 떠 오게 했다. 백의가 물을 떠 가지고 오다가 도중에 먼저 마시고 탈해에게 드리려 했다. 그러나 물그릇 한쪽이 입에 붙어서 떨어지지 않았다. 탈해가 꾸짖었다.

"이후에는 가까운 곳이거나 먼 곳이거나 감히 먼저 마시지 않겠습니다."

백의가 맹세했다.

---

8 남해왕(南解王): 신라의 제2대(재위: 4년~24년) 왕.

9 동악(東岳): 지금의 경상북도 경주시 토함산. 신라 시대에 5악 가운데 한 곳으로 호국의 진산(鎭山)으로 신성시하였으며 중사(中祀)를 거행하였다.

10 백의(白衣): 백의라는 것은 일반 백성 혹은 평민 정도로 이해할 수 있다고 보는 견해가 있다.

그제야 물그릇이 입에서 떨어졌다. 이로부터 백의는 두려워하고 복종하여 감히 속이지 못했다. 지금 동악에 우물 하나가 있다. 사람들이 요내정[11]이라고 하는 것이 이것이다.

어느 날이었다. 금관가야 앞바다에 이상한 배 한 척이 와 닿았다. 김수로왕(재위: 42년~199년)이 금관가야를 다스린 지 3년째가 되는 해의 일이었다. 배에서 내린 탈해는 바닷가를 따라 걸어갔다. 키가 석 자($尺$)이고 머리둘레가 1자($尺$)나 되었다. 대뜸 탈해가 궁궐로 들어갔다.

"나는 왕의 자리를 빼앗으러 왔소."

탈해가 김수로왕에게 말했다.

"하늘이 나에게 명해서 왕위에 오르게 하여 장차 나라를 안정시키고 백성들을 편안하게 하도록 하였으니 감히 하늘의 명을 어기고 왕위를 그대에게 넘겨줄 수 있겠는가? 또한, 나의 나라와 백성을 그대에게 맡길 수도 없다."

김수로왕이 대답했다.

"그러면 술법[12]으로 겨루어 승부를 결정합시다."

---

11 요내정(遙乃井): 전설에는 경주 토함산 석굴암 밑의 감로정(甘露井)이라고 한다.
12 술법(術法): 음양과 복술(卜術)에 관한 이치 및 그 실현 방법.

탈해가 말했다.

"좋다."

김수로왕이 짧게 대답했다.

잠깐 사이에 탈해가 매로 변했다. 김수로왕은 독수리로 변했다. 또 탈해가 참새로 변했다. 김수로왕은 새매로 변했다. 이렇게 하는 것이 눈 깜짝할 사이에 벌어졌다. 탈해가 본래 모습으로 돌아왔다. 김수로왕도 제 모습으로 돌아왔다. 탈해가 엎드려 항복했다.

"제가 술법을 다투는 마당에서 매가 독수리에게서, 참새가 새매에게서 죽음을 면하였는데, 이는 아마도 성인13께서 살육을 싫어하는 어진 마음을 가지고 계셨기 때문이 아니겠습니까? 제가 왕과 왕위를 다툰다는 일은 진실로 어렵겠습니다."

탈해가 말했다.

곧 탈해가 김수로왕에게 작별을 고했다.

탈해가 궁궐 밖으로 나갔다. 교외의 나루에 이르러 중국에서 오는 배가 닿는 뱃길을 따라 떠나려 했다. 김수로왕은

---

13 성인(聖人): 지혜와 덕이 뛰어나 길이길이 우러러 받들어 본받을 만한 사람. 성자(聖者).

탈해가 여기서 머물러 있으면서 반란을 모의할까 염려하여 급히 수군14을 실은 배 500척을 보내서 쫓게 했다. 탈해가 달아나 계림15의 경계로 들어갔다. 금관가야의 수군은 모두 돌아왔다.

탈해는 기겁하고 나는 듯이 신라 땅으로 달아났다.

배는 신라 동쪽 하서지촌 아진포16 앞바다에 와 닿았다.

"옛적 우리 집이었다."라고 트집을 잡아 남의 집을 차지했다고 해서 성을 '석(昔)'이라 했다. 혹은 까치로 해서 상자를 열게 하였기 때문에 까치(鵲)라는 글자에서 새 조(鳥)를 떼고 석씨(昔氏)로 성을 삼았다고 한다. 그리고 궤를 열고 알을 깨고 나왔기 때문에 이름을 탈해(脫解)라고 했다고 한다.

「석탈해 신화」에서 작은 나라인 신라가 더욱 큰 연맹체로 자라가고 있는 사실을 엿볼 수 있다. 바다를 통해 경주 동쪽

---

14 수군(水軍): 바다를 방위하던 군대. 또는 거기에 딸린 병졸.

15 계림(鷄林): ① 신라 탈해왕(脫解王) 때부터 부르던 신라의 딴 이름. ② 경주의 옛 이름.

16 하서지촌 아진포(下西知村阿珍浦): 현재의 경상북도 경주시 양남면 하서리 일대로 비정하는 견해와 경상북도 경주시 감포(甘浦)의 옛 지명으로 추정하는 견해가 있다.

바닷가로 들어온 석탈해 집단은 본래 대장장이로 신라에 철기 문화를 가지고 들어왔다. 석탈해가 왕위에 오르면서 군장의 이름을 '이사금'이라고 불렀다. 이것은 '거서간'보다 강화된 권력, 다시 말해 연맹체 단계의 군장이었던 것으로 보인다. 이 이사금의 자리는 박씨 부족, 석씨 부족과 아울러 토착 세력인 김씨 부족의 세 부족이 번갈아 가며 차지하고 있었다. 서기 65년 석탈해는 '시림'에서 김알지를 얻어 '시림'을 '계림'으로 고치고, 나라 이름을 '서라벌'에서 '계림'으로 고쳤다.

『삼국유사』 권2 「가락국기」에는 금관가야의 김수로왕과 신라의 탈해이사금(재위: 57년~80년)이 금관가야의 지배권을 놓고 다투던 상황이 설화 형태로 기록되어 있다. 『삼국사기』 권1 「신라본기」에 의하면 서기전 19년, 『삼국유사』 권2 「가락국기」에 의하면 서기 44년경에 바다를 통하여 금관가야를 거쳐 신라에 도착한 것으로 되어 있다.

갑자기 완하국 함달라왕의 부인이 임신하여 달이 차서 알을 낳았고, 그 알이 변하여 사람이 되었다. 『삼국유사』 권1 「기이」1 '탈해왕'조와 같은 책 왕력편에서는 완하국을 용성국, 정명국, 화하국이라 하고, 그 나라는 왜[17]의 동북쪽 1,500리 되는 곳에 있다고 한다. 함달라왕의 아들인 탈해는 토해라고도 하였다.

　왕위를 빼앗기 위해 금관가야에 온 탈해가 김수로왕과 둔갑술로 서로 겨루었다. 그러나 탈해가 지게 되자 신라로 도망쳤다는 것을 줄거리로 하고 있다. 김수로왕이 탈해와 겨뤄서 이기고, 수군 500척으로 탈해를 뒤쫓아 갔다는 기록을 통해 2세기 후반~4세기경 금관가야가 낙동강 하류 일원에서 유력한 세력이었다는 것을 유추할 수 있다.

　금관가야를 세운 김수로왕의 탄생 내력, 허왕후와의 혼인 내력, 그리고 왕위에 오르는 내력, 죽음에 이르기까지의 내력을 줄거리로 하는 「김수로왕 신화」는 「단군 신화」나 「박혁거세 신화」 혹은 「주몽 신화」처럼 거룩하고 성스러운 성질인 신성성으로 가득 차 있다. 특히 금합에서 나온 알이 동자로 변해 여섯 가야 나라의 왕이 되었다는 이야기와 김수로왕과 탈해가 술법을 써서 새로 변신하여 싸움하는 이야기는 김수로왕의 신성성을 부각한 대목이라 할 수 있다.

---

17 왜(倭): 고대 중국이나 우리나라에서 일본열도를 중심으로 하는 지역인 일본과 그곳에서 사는 일본인을 지칭해 불렀던 이름이다. '왜(倭)'는 7세기 말경 국호를 '일본'으로 정할 때까지 일본열도의 정치 세력은 대외적으로 왜(倭)라 지칭되었다.

4. 김수로왕과
아유타국의 공주 허황옥의 결혼

 김수로왕 6년(서기 48년) 가을 7월 27일. 구간 등이 조알1할 때였다.

 "대왕께서 강림하신 이래로 아직 좋은 배필을 만나지 못하고 있사옵니다. 청컨대 신들의 집에 있는 처녀 중에서 가장 예쁜 사람을 뽑아서 궁중에 들여보내어 배필로 삼도록 하옵소서."

 구간 등이 아뢰었다.

 "짐이 이곳에 내려온 것은 하늘의 명령이오. 짐에게 짝을 지어 왕후를 삼게 하는 것도 또한 하늘의 명령일 것이오. 그대들은 염려 마오."

 김수로왕이 말했다.

 드디어 유천간2에게 명하여 경주3와 준마4를 준비하여

---

1 조알(朝謁): 예전에 왕을 뵙는 예식을 이르던 말.
2 유천간(留天干): ① 금관가야 건국기의 관직. ② 가락 9촌의 촌락 또는 씨족의 추장.

망산도5에 가서 서서 기다리게 하고, 신귀간6에게 명하여
승점7으로 가라고 명했다.

문득 금관가야 앞 바다 서남쪽 모퉁이에서 붉은빛의 비
단 돛을 단 배 한 척이 붉은빛의 깃발을 휘날리며 북쪽을
향해 오고 있었다. 유천간 등이 먼저 망산도 위에서 횃불을
올렸다.

배는 마구 내달아왔다. 곧 배 안에 탔던 사람들이 다투어
육지로 내려 뛰어왔다. 신귀간은 이 광경을 바라보다가 궁
궐로 달려와서 김수로왕에게 아뢰었다. 김수로왕이 그 소
식을 듣고 흔흔히8 기뻐했다. 이내 구간 등에게 목련으로
만든 키와 계수나무로 만든 노를 갖춘 배를 저어 가서 그들
을 맞이하게 하였다.

바로 그들을 모시고 대궐로 들어가려 했다.

---

3 경주(輕舟): 가볍고 빠른 작은 배.

4 준마(駿馬): 썩 잘 달리는 말.

5 망산도(望山島): 현재의 경상남도 김해시 풍유동·명법동·이동에 걸쳐 여러 봉
　우리가 이어져 있는 '칠산'으로 보아야 한다는 견해가 있다.

6 신귀간(神鬼干): 금관가야 건국기의 씨족장.

7 승점(乘岾): 궁궐에 가까운 언덕이라고 할 수 있는 곳은 역시 봉황대로 보아야
　하므로 봉황대로 추정하는 견해가 있다.

8 흔흔(欣欣)히: 매우 기쁘고 만족스럽게.

"나는 본래 너희들을 모르는 터인데 어찌 감히 경솔하게 따라갈 수 있느냐?"

왕후가 말했다.

유천간 등이 돌아가서 허황옥의 말을 전달했다. 김수로왕은 옳게 여겨 유사9를 데리고 거둥했다. 궁궐 아래로부터 서남쪽으로 60여 보10쯤 되는 거리의 산기슭에 만전11을 치고 기다렸다.

왕후는 산 밖의 별포 나루에 배를 대고 땅으로 올라와 높은 언덕에서 쉬고 있었다. 그곳에서 허황옥은 입고 있던 비단 바지를 벗어 산신령에게 폐백으로 바쳤다. 그 밖에 왕후를 시종해 온 잉신12 두 사람의 이름은 신보와 조광이었다. 그들의 아내 두 사람의 이름은 각각 모정과 모량이라고 했다. 데리고 온 노비들까지 합해서 모두 20여 명이었다. 왕후가 가지고 온 금수능라13와 의상필단14 금은주옥15과 구

---

9 유사(有司): 사무를 맡아보는 해당 관원.

10 보(步): 거리를 재는 단위. 주척(周尺)으로 여섯 자.

11 만전(幔殿): 장막으로 친 임금의 임시 거처.

12 잉신(媵臣): 왕후를 따라온 신하.

13 금수능라(錦繡綾羅): 수놓은 비단.

14 의상필단(衣裳疋緞): 필로 된 비단옷.

슬로 만든 패물들은 이루 셀 수 없을 만큼 많았다. 왕후가 점점 김수로왕이 있는 곳에 가까이 왔다. 김수로왕은 나아가 그를 맞아서 함께 유궁16으로 들어왔다. 잉신 이하 여러 사람들은 섬돌 아래에 나아가 뵙고 곧 물러갔다. 김수로왕은 유사에게 명하여 잉신 내외들을 인도하게 했다.

"사람마다 방 하나씩을 주어 각각 다른 방에 편안히 머무르게 하고 그 이하 노비들은 한 방에 각각 5, 6명씩 두어 편안히 있게 하라."

김수로왕이 말했다.

난초로 만든 음료와 혜초17로 만든 술을 주고, 무늬와 채색이 있는 자리에서 자게하고, 옷과 비단과 보화도 주었고, 병졸들을 많이 모아 그들을 보호하게 했다.

비로소 김수로왕이 왕후와 함께 침전18으로 들어갔다.

"저는 아유타국19의 공주로 성은 허(許)이고 이름은 황옥

---

15 금은주옥(金銀珠玉): 금, 은, 구슬과 옥.

16 유궁(帷宮): 휘장을 친 임시궁궐.

17 혜초(蕙草): 콩과에 속한 풀.

18 침전(寢殿): 임금의 침방이 있는 집.

19 아유타국(阿踰陀國): 인디아 갠지스강의 상류인 사라유 강의 왼쪽 기슭에 있던 고대 도시국가인 아요디아(Ayodha) 왕국이라는 견해가 있다.

이라고 합니다. 그리고 나이는 열여섯 살입니다. 제가 본국에 있을 때 금년 5월에 부왕과 황후께서 저에게 말씀하시기를, '우리가 어젯밤 꿈에 함께 황천[20]을 뵈었는데, 황천의 말씀이 가락국의 왕 수로라는 자는 하늘이 내려보내서 왕위에 오르게 하였으니 곧 신령스럽고 성스러운 사람이다. 또 나라를 새로 다스림에 있어 아직 배필을 정하지 못하고 있으니 그대들은 모름지기 공주를 보내서 그 배필을 삼게 하라 하고, 말을 마치자 하늘로 올라갔다. 꿈을 깬 뒤에도 황천의 말이 아직도 귓가에 그대로 남아 있으니, 너는 이 자리에서 곧 부모를 작별하고 그곳을 향해 떠나라'라고 하였습니다. 저는 배를 타고 멀리 증조를 찾고, 하늘로 가서 반도를 찾아[21] 이제 아름다운 모습으로 용안[22]을 가까이하

---

20 황천(皇天): 하느님.

21 증조(蒸棗)를 찾고 ~ 반도(蟠桃)를 찾아: '증조(蒸棗)'는 곧 찐 대추로써 선인(仙人)들의 약의 일종, '반도(蟠桃)'는 선인들이 먹는 복숭아, "증조(蒸棗)를 찾고, 하늘로 가서 반도(蟠桃)를 찾아"왔다는 것은 선계로 신선을 찾아왔다는 의미로 곧 왕을 찾아왔다는 말이다. 왕은 종종 신선에 비유되었다는 견해와 '저는 배를 타고 멀리 '찐 대추 형상의 섬인 증조(蒸棗)'으로 가서 찾기도 하였고, 방향을 바꾸어 멀리 '복숭아 형상의 섬인 반도(蟠桃)'에 가보기도 하였습니다. 찐 대추 형상의 섬, 즉 증조와 복숭아 형상의 섬, 즉 반도는 글의 문맥상 지명, 즉 표적물이어야 한다는 견해도 있다.

22 용안(龍顔): 임금의 얼굴. 천안(天顔).

게 되었습니다.”

허왕후가 김수로왕에게 말했다.

“나는 태어나면서부터 성스러워서 공주가 멀리에서 올 것을 미리 알고 있었소. 신하들이 왕비를 맞으라는 청을 했으나 함부로 따르지 않았소. 이제 현숙한 그대가 스스로 왔으니 이 사람에게는 매우 다행한 일이오.”

김수로왕이 대답했다.

드디어 김수로왕과 허왕후는 혼인해서 함께 이틀 밤을 지내고 또 하루 낮을 지냈다. 이에 그들이 타고 온 배를 돌려보내는 데 뱃사공이 모두 15명이니 이들에게 각각 쌀 10석과 베 30필씩을 주어 본국으로 돌아가게 하였다.

가을 8월 1일에 김수로왕은 대궐로 돌아오는데 허왕후와 한 수레를 타고, 잉신 내외도 역시 제갈23을 나란히 수레를 함께 탔다. 그리고 허왕후가 가져온 여러 가지 물건도 모두 수레에 싣고 천천히 대궐로 들어왔다. 이때 시간은 오정이 가까웠다.

허왕후는 중궁24에 거처했다. 잉신 내외와 그들의 사

---

23 제갈: 말을 부리기 위하여 입에 가로 물리는 쇠토막. 마함(馬銜).
24 중궁(中宮): ‘중궁전(中宮殿)’의 준말. 왕비가 거처하던 궁전.

속25들은 비어 있는 두 집을 주어 나누어 주어 들어가게 했다. 나머지 따라온 자들도 20여 칸 되는 빈관26 한 채를 주어서 사람 수에 맞추어 적당히 정해 편안하게 있게 하였다. 그리고 날마다 물품을 풍부하게 지급했다. 그들이 싣고 온 진귀한 물건들은 내고27에 두고 허왕후가 사시28의 비용으로 쓰게 하였다.

허왕후의 출자29를 놓고 학자들 사이에 여러 가지 견해가 분분하다. 인디아 갠지스강(Ganges River)의 상류인 사라유(Sarayu) 강가에 있던 아요디아(Ayodhya) 왕국 출신이라는 견해, 아요디아 왕국이 타일랜드에 건설한 식민지였

---

25 사속(私屬): 노비.

26 빈관(賓館): 손님을 접대하는 집.

27 내고(內庫): 궁중 창고.

28 사시(四時): ① 봄, 여름, 가을, 겨울의 사계절을 아울러 이르는 말. ② 한 달 중의 네 때. ③ 하루 중의 네 때.

29 출자(出自): 나온 곳, 출처, 출신, 유래. 『시경(詩經)』 소아(小雅) 벌목(伐木)에 "깊은 골짜기에서 나와, 높은 나무로 날아가네."라는 시구가 있다. 원문은 "출자유곡(出自幽谷), 천우교목(遷于喬木)"이다. 이 시구에 쓰인 '출자(出自)'의 의미는 "…로부터 나오다"이다. 여기서 "낮은 벼슬에서 높은 벼슬로 옮겨진 것"을 비유한 말인 "출유천교(出幽遷喬)"가 나왔다. '출자(出自)'는 이렇게 사용되다가 점차 '출차(出自)'만 따로 떼 내어 '나온 곳. 출처. 출신. 유래' 등을 의미하는 말로도 쓰이게 된 것으로 보인다.

던 메남강가의 옛 도시 야유티아에서 온 왕녀라는 견해, 가야가 일본 큐슈에 설치한 분국 출신이라는 견해, 일본에서 돌아온 가락국 왕녀라는 견해, 인디아의 아요디아에서 출발했던 허왕후 일족이 중국의 사천성 안악현에 정착하였다가, 서기 47년의 난리를 피해 김해로 이주해온 허씨족 소녀라는 견해, 중국과 관련 있는 인물이라는 견해 등이 있다. 이러한 견해 가운데 먼저 '인디아의 아요디아에서 출발했던 허왕후 일족이 중국의 사천성 안악현에 정착하였다가, 서기 47년의 난리를 피해 김해로 이주해온 허씨족 소녀'라는 견해를 부연해 살펴보면 다음과 같다. 허왕후 능침 앞에 서 있는 비석에는 '가락국수로왕비 보주태후허씨릉'이라고 쓰여 있다. 조선 후기 허적(1610년~1680년) 등이 세운 허왕후 능비에 나오는 보주태후에 주목하여 허왕후 일행이 인디아의 아요디아에서 현재 중국의 사천성 안악현 일대인 옛 보주 일대로 이주했는데, 이들은 서기 47년 한나라 조정에 저항하다가 강제로 추방당한 후 양자강을 따라서 상해로 갔다가 서기 48년경에 해류를 타고 황해를 건너 가락국에 이르렀다는 것이다. 두 번째로 중국과 관련 있는 인물이라는 견해를 부연해 살펴보겠다. 허황옥과 그녀를 따라온 인물들의 이름이 신보·조광 등 중국식 이름이라는 점에서, 이들이 인디아나 타일랜드에서 곧바로 금관가야로 건너왔다고 보기는 어렵다. 그리고 허황옥 일행이 배에 싣고 온 금은·비단·그릇 등 많은 물건들을 한사잡물30이라고 표현했으며, 짐을 싣고 왔던 배는 선원 15명에게 각기 쌀과 포목을 주어 돌려보냈다. 이것은 허황옥이 해상 무역로를 따라 가락국으로 들어온 집단과 연관이 있었을 것으로 보인다. 『삼국지』 「위서」 '오환선비동이전 왜인'조에 위(魏)나라31의 사신이 대방군을 떠나 왜에 이르는 항로를 기록했다. 한반도의 서해안을 남하해 남해안의 구야한국32에 이르고, 다시 바다를 건너 대마국33에 다다른 경로로 보아 구야한국은 해상 무역로의 중요한 거점이었다. 중국과의

---

30 한사잡물(漢肆雜物): 중국 점포의 여러 물건.

31 위(魏)나라: 220년~265년, 후한이 멸망한 후 정립하던 위(魏)·촉(蜀)·오(吳) 삼국 중 한 나라.

32 구야한국(狗耶韓國): 구야국(狗倻國). 『삼국지』 「위서」 '오환선비동이전 한(韓)'조에 '변진구야국(弁辰狗耶國)' 또는 '구야한국'으로 기록되어 있다. 금관가야의 모체로서 『삼국사기』·『삼국유사』·『일본서기』에는 '가락(駕洛·伽落)'·'가라(加羅)'·'가라[加良]' 등으로 기록되어 있다.

33 대마국(對馬國): 『삼국지』 「위서」 '오환선비동이전 왜인'조에 "대방군(帶方郡)에서 왜(倭)로 가는 데에는 해안을 따라 배로 나아가 한국(韓國)을 거쳐서 남쪽으로 갔다가 동쪽으로 나아가면 그 북쪽 대안(北岸)인 구야한국(狗邪韓國)에 이르게 된다. 그곳까지는 거리가 7천여 리(里)나 된다. 비로소 바다를 건너 1천여 리를 가면 대마국(對馬國)에 이른다."는 기록이 있다.

교역은 중간에 낙랑이 담당하고 있었다, 한편 허황옥의 잉신들 가운데 천부경[34], 종정감[35], 사농경[36] 등 중국계 관직의 이름을 지닌 인물들이 있다.

허황옥 일행이 중국에 출자를 두고 있었는지, 아니면 아유타국이나 타일랜드에 출자를 두고 있었는지 알 수 없다. 이러한 점들을 고려하면 허황옥은 가락국과 무역을 하던 중국 내륙의 교역 상인 집단과 관련이 있거나 가락국과 중국과의 무역을 중계하던 낙랑계 유이민 집단과 연관이 있는 것으로 보는 것이 설득력이 있어 보인다.

최근 김해시 대성동 고분·봉황대 유적·수릉원의 널무덤 발굴 등의 고고학적 발굴을 통해 『삼국유사』 「가락국기」에 나오는 수로왕릉·신답평·나성 관련 기록이 사실이거나 사실일 수 있다는 것이 증명되고 있다. 따라서 『삼국유사』 「가락국기」의 "허왕후 관련 설화를 비판적으로 수용

----

34 천부경(泉府卿): 중국 고대의 관직명. 천부(泉府)는 주나라 시대에 시세를 받는 일과 공비로 시장에서 팔리지 않는 물품을 사들여 다시 그것을 원가로 파는 일을 맡아 물가를 조절하던 관아였다.

35 종정감(宗正監): 종정(宗正)은 주나라의 관제의 소종백(小宗伯)으로서, 진나라 때에 종정이라고 하였고, 후한(後漢) 때 이후에는 종정경이라고 하였다. 황족의 일을 담당하고 모두 황족으로 그 직에 임명하였다고 한다.

36 사농경(司農卿): 한나라 9경(卿)의 하나로 농사를 맡던 관직의 장(長).

할 것은 수용해야지 이를 무조건 조작과 날조로 보는 것은 오히려 비학문적 태도”이며, “「가락국기」의 기록이 점점 신뢰성을 얻어가는 시점에서 유독 허왕후 관련 부분만 조작으로 보는 것은 타당하지 않다”는 견해에 귀 기울일 필요가 있다. 『삼국유사』「가락국기」에 대한 고고학적 연구와 문헌학적 연구가 더 진전되어야만 그 실상을 파악할 수 있을 것이다.

5. 삼한과 변진

　삼한의 역사를 기록한 사서 가운데 제일 오래된 것은 서진[1] 사람인 진수[2]가 280~289년 사이에 편찬한 『삼국지』[3] 이다. 『삼국지』「위서」 '오환선비동이전 한(韓)'조에는 삼한 소국의 형성 시기, 삼한 소국의 구조, 삼한의 물산과 풍속 등 삼한의 정치 상황과 문화 등의 내용이 기술되어 있다. 이 기록을 통해 전기 가야 연맹이 서력기원[4]을 전후한 시

1　서진(西晉, 265년~317년): 위나라 사마의의 손자 사마염이 제위(帝位)를 선양받아 뤄양(洛陽)에 도읍하고 세운 나라. 317년 영가(永嘉)의 난(亂)으로 멸망했다.

2　진수(陳壽, 233년~297년): 서진(西晉)의 사학자. 『삼국지』 65권, 『고국지(古國志)』 50편, 『익부기구전(益部耆舊傳)』 10편을 찬술했다.

3　삼국지(三國志): 중국 삼국 시대에 관한 정사인 『삼국지』는 「위서」 30권, 「촉서」 15권, 「오서」 20권으로 구성되어 있으며, 각각 본기와 열전으로 편집되어 있다. 이 가운데 한국의 역사와 문화를 이해하는 데 대단히 중요한 사료로 평가되는 사료는 「위서」의 '오환선비동이전 한(韓)'조이다. 한반도 일대의 고대 국가에 관한 위치와 사회상, 풍속을 기록한 가장 오래된 사료가 바로 『삼국지』「위서」 '오환선비동이전 한(韓)'조이다. 3세기경에 편찬된 『삼국지』가 12세기에 편찬된 『삼국사기』보다 편찬 시기가 900년 이상 앞섰다. 『삼국지』「위서」 '오환선비동이전 한(韓)'조에 한반도 중남부에서 존재했던 정치 집단인 삼한의 소국들이 병립하던 3세기 당시 삼한 사회의 상황을 3세기에 기술되어 있다는 점 때문에 사료적 가치를 높이 평가한다.

4　서력기원(西曆紀元): 서력으로 연대를 헤아리는 데 쓰는 기원.

기에 성립한 것으로 추정해 볼 수 있다.

고조선 남쪽 지역인 한강 이남에는 일찍부터 '진(辰)'이라는 나라가 자리 잡고 있었다. 한반도 남부 지역은 기후가 따뜻하고, 큰 강을 끼고 있고, 평야가 많은 지역이어서 사람들이 산과 바다 사이에 흩어져 살았다. 한나라와 활발한 교역을 하며 세력을 넓히고 있던 진(辰)은 서기전 2세기경 고조선의 방해로 중국과의 교류가 저지되기도 했다. 고조선 사회의 변동에 따라 대거 이주해온 고조선 사람들에 의해 새로운 문화와 철기가 보급되어 토착 문화와 융합되면서 서기전 3세기 이후 철기 문화 단계로 들어간 진(辰)은 더욱 성장하여 마한·진한·변한의 연맹체들이 형성되었다. 보통 이들을 삼한이라고 부른다. 삼한의 최고 통치자가 진왕이라 불린 것으로 볼 때 진은 곧 삼한의 전신 혹은 삼한을 가리킨다고 하겠다. 삼한에는 목지국, 백제국, 사로국, 구야국 등 80여 개의 소국이 있었다. 대국은 1만여 가(家)였고 소국은 수천 가(家)로서 총 10여만 호였다. 삼한에는 각각 한 사람이 중심이 되어 천신의 제사를 맡아 처리하는 제사장5이 읍락6마다 있었는데,

---

5 제사장(祭司長): 의식이나 제례를 맡아보는 사람.
6 읍락(邑落): 삼국이 확립되기 이전 부족이 한 지역에 모여 살던 때의 지역공동체

이를 천군7이라고 불렀다. 소국마다 별읍8이 있었는데 소도9
라고 한다. 제사를 지내는 신성한 지역인 소도는 솟대라고도
부르는데, 큰 나무를 세우고 방울과 북을 매달아 놓고 귀신
을 섬기는 종교의식에 사용했다. 천군이 주관하는 소도는 신
전과 같은 위엄을 가지면서 정치적 지배자와는 별도로 농경
의식과 종교 의례를 주관하여 족장10의 세력이 미치지 못하
였다. 죄인이라도 도망하여 이곳에 숨어 들어가면 잡아가지
못했다. 이러한 제사장의 존재에서 고대 신앙의 변화와 제
정11 분리를 엿볼 수 있다. 진한·변한은 물론 마한은 단군
왕검이 제사와 정치를 동시에 맡아 행하던 고조선과는 달리
제사와 정치를 분리한 제정 분리 사회12였다. 씨족사회가 해

를 일컫는다.

7 천군(天君): 삼한(三韓) 때, 각 나라에서 천신에게 올리던 제사를 맡은 제주(祭
　主)의 칭호.

8 별읍(別邑): 삼한 시대에 소도(蘇塗)가 있던 읍락. 또는 국읍 외에 주변의 군소 읍락.

9 소도(蘇塗): 삼한 시대에, 천신(天神)을 제사 지내던 성역(聖域). 각 고을에 있는
　이 지역에 신단(神壇)을 설치하고, 그 앞에 큰 나무를 세워 제사를 올렸음.

10 족장(族長): 친족 집단의 우두머리.

11 제정(祭政): 제사와 정치.

12 제정 분리 사회(祭政分離社會): 삼한의 여러 나라는 대체로 정치와 종교가 분
　리되어 정치는 각 소국의 군장(신지, 읍차)이 지배하고, 종교는 천군(제사장)이
　신성 구역인 소도에서 종교의식을 주관했다.

체되고 같은 조상에서 갈려 나와 혈통이 이어져 있는 혈족으로 뭉쳐진 친족 집단이 지배층으로 떠올랐다. 이러한 친족 집단의 우두머리가 족장이다. 삼한 사회에서는 거수13 · 신지14 · 견지15 같은 대족장16과 살해 · 부례 · 읍차와 같은 소족장17을 가르는 기준을 물의 관리권을 가지고 있느냐 없느냐로 삼았다는 견해가 있다.

삼한 사람들은 성으로 둘러싸인 읍에 거주하면서 철로 만든 무기를 가지고 있었고 잔무늬 거울과 한국식 동검을 차고 다녔던 족장은 죽은 뒤에도 구덩무덤18과 돌덧널무덤19에 묻혔다. 초가지붕의 반움집이나 귀틀집에서 살았던

---

13 거수(渠帥): 『삼국지』 「위서」 '오환선비동이전 한(韓)'조에 나오는 삼한 소국의 군장 칭호. 우두머리.

14 신지(臣智): 『삼국지』 「위서」 '오환선비동이전 한(韓)'조에 따르면, 큰 나라의 군장(君長)을 신지라 불렀다.

15 견지(遣支): 『삼국지』 「위서」 '오환선비동이전 한(韓)'조에 의하면 세력이 있는 삼한 소국의 군장들 가운데 신운국(臣雲國)의 수장을 견지라 불렀다.

16 대족장(大族長): 삼한 사회 소국의 최고 우두머리. 마한의 대족장 세력은 만여 호를 거느렸다는 기록이 있다.

17 소족장(小族長): 삼한 사회 소국의 최고 우두머리. 마한의 소족장 세력은 수천 호를 거느렸다는 기록이 있다.

18 구덩무덤: 적당한 크기의 구덩이를 파고 별도의 시설없이 시체를 매장하는 방식을 지칭하는 용어. 움무덤. 토장묘(土葬墓).

19 돌덧널무덤: 깬돌 또는 모난돌을 사용하거나 깬돌과 판돌을 섞어서 네 벽을 쌓아 만든 무덤. 돌곽무덤, 석곽묘(石槨墓)라고도 한다.

일반 사람들은 베로 만든 두루마기를 입고 가죽신을 신었다. 그들은 읍락에 살면서 괭이·보습·낫·호미 같은 철로 만든 농기구를 사용하여 농산물을 생산했다. 수공업의 생산도 담당했던 소국의 일반 사람들은 나라 안에 공사가 있거나 나라에서 성을 쌓을 때는 나가서 일을 했으며, 두레 조직을 통해 공동 작업을 했다.

삼한은 특히 벼농사가 발달하였다. 김제의 벽골제, 상주의 공검지, 의성의 대제지, 밀양의 수산제, 제천의 의림지 등의 저수지는 벼농사를 짓기 위하여 만든 것이었다. 뿐만 아니라 삼한 사람들은 누에치기를 할 줄을 알고 뽕나무를 가꿀 줄을 알아 비단을 만들었다. 해마다 씨를 뿌리고 난 뒤인 여름 5월의 수릿날과 추수가 끝난 뒤의 겨울 10월에 추수 감사제를 열어 하늘에 제사를 지냈다. 이러한 제천 행사 때에는 온 나라 사람들이 모두 모여서 음식과 술을 마련하여 노래를 부르고 춤을 추며 술을 마시는데 밤낮으로 쉬지 않았다. 마한 사람들은 씩씩하고 용감하여 젊은이들 가운데 집을 짓는 데서 일하는 사람은 각각의 차례에 밧줄로 등의 가죽을 꿰어 큰 나무를 매어 달고 소리를 지른다. 이것을 몸이 튼튼하고 기운이 세다고 한다. 해마다 여름 5월에는 농사일을 마치고 귀신에게 제사를 지낸다. 낮과 밤을 잊고 술자리를 베푼다. 무리를 지어 노래 부르며 춤을 춘다. 춤을 출 때는 수십 명이 서로 줄을 서서 땅을 밟으며 장단을 맞춘다. 겨울 10월에 추수를 끝낸 뒤에도 또다시 이와 같이 한다.

마한은 서기전 1세기~서기 3세기경 천안·익산 지역을 중심으로 하여 경기·충청·전라도 지방에서 발전했다. 『삼국지』「위서」'오환선비동이전 한(韓)'조에 다음과 같은 기록이 있다.

마한은 서쪽에 자리 잡고 있다. 그 백성은 일정한 곳에 자리를 잡아 머물러 살며 농사를 짓고 산다. 누에를 치는 법을 알고 무명을 만든다. 각각 우두머리가 있다. 그 가운데 큰 것은 신지라 하고 그다음은 읍차라 한다. 산과 바다 사이에 흩어져 살고 성곽이 없다.

삼한은 마한·진한·변한으로 이루어져 있었다. 서쪽에 자리 잡았던 마한은 북쪽으로 낙랑과 접해 있었고, 남쪽으로 왜(倭)와 접해 있었다. 삼한 중에서 세력이 가장 컸던 마한은 목지국을 중심으로 54개의 소국으로 이루어져 있었다. 소국 가운데 큰 나라는 1만여 호, 작은 나라는 수천 호로, 총 10여만 호였다. 규모가 큰 나라의 지배자는 '신지',

작은 나라의 지배자는 '읍차'라고 하였다.

3세기 전반 마한 소국 연맹체의 맹주는 마한을 이루고 있는 소국의 하나인 목지국의 지배자가 마한왕 또는 진왕으로 추대되어 삼한 전체의 주도 세력이 되었다.

『삼국지』「위서」'오환선비동이전 한(韓)'조에는 "진왕은 목지국을 다스렸다."라고 하였다. 그리고 같은 책 '오환선비동이전 변진'조에서는 "변한·진한 24국 가운데 12국은 진왕에게 신속되어 있었다. 진왕은 항상 마한 사람으로 왕을 삼아 대대로 세습하였으며, 진왕이 스스로 왕이 되지는 못하였다."라고 하였다. 또한 『후한서』「동이열전」'한(韓)'조에서는 "마한이 가장 강대하여 그 종족이 함께 왕을 세워 진왕으로 삼아 목지국에 도읍하여 전체 삼한을 다스린다.'라고 하였다.

진왕은 마한 소국 연맹체의 연맹장이었을 뿐만 아니라 진한과 변한의 일부 소국들에 대해서도 영향력을 행사했던 것으로 생각된다.

목지국은 4세기 후반까지 충청남도 직산·성환·아산만 일대를 중심으로 성장하다가 백제가 남쪽으로 뻗어 나옴에 따라 공주, 전라북도 익산 등지를 거쳐 5세기 말에서 6세기 초까지 나주 부근에 자리 잡았을 것으로 추정되고 있다. 뒤에 백제에 병합되었다.

『후한서』「동이 열전」 '한(韓)'조에에 마한의 사회상을 엿
볼 수 있는 기록이 비교적 상세하게 나와 있다.

마한 사람들은 농사와 누에치기를 할 줄을 알며, 길쌈하여 베
를 짠다. 마한에서는 배만큼 큰 밤이 생산되어 나왔다. 그리고
꼬리의 길이가 5척(尺)이나 되는 닭도 길렀다.

읍락에 여러 사람이 섞여 살았다. 역시 성곽이 없다. 땅을 파
서 움집을 만들었다. 그 모양이 마치 무덤 같았다. 드나드는 문
은 윗부분에 있다. 무릎을 꿇고 절할 줄을 알지 못했다. 어른과
어린이의 차례와 남자와 여자를 분별하는 예의가 없다.

마한 사람들은 금(金), 보화, 비단, 모직물 등을 귀하게 여기지
않는다. 소와 말을 탈 줄을 모른다. 오직 구슬을 귀하게 여겨서
옷에 꿰매어 꾸미기도 하고 목이나 귀에 달기도 한다. 그들은 대
체로 머리를 틀어 묶고 상투를 드러내 놓으며, 베로 만든 겉옷을
입고 짚신을 신는다.

마한 사람들은 씩씩하고 용감하여 젊은이들 가운데 집을 짓는
데서 일하는 사람은 각각의 차례에 밧줄로 등의 가죽을 꿰어 큰
나무를 매어 달고 소리를 지른다. 이것을 몸이 튼튼하고 기운이
세다고 한다.

해마다 여름 5월에는 농사일을 마치고 귀신에게 제사를 지낸

다. 낮과 밤을 잊고 술자리를 베푼다. 무리를 지어 노래 부르며 춤을 춘다. 춤을 출 때는 수십 명이 서로 줄을 서서 땅을 밟으며 장단을 맞춘다. 10월에 추수를 끝낸 뒤에도 또다시 이와 같이 한다.

여러 국읍20에는 각각 한 사람이 중심이 되어 천신의 제사를 맡아 처리한다. 그 사람을 천군이라고 부른다. 또 소도를 만들어 거기다가 큰 나무를 세우고서 방울과 북을 매달아 놓고 귀신을 섬긴다.

마한의 남쪽 경계는 왜(倭)에 가까우므로 문신21을 한 사람도 있다.

진한·변한과 마찬가지로 마한은 청동기 시대에 처음 재배했던 벼를 더 중요하게 여겼다. 한꺼번에 많은 노동력을 동원해야 하는 작업인 벼농사는 두레 조직을 통한 공동 작업을 통해 이루어졌다.

진한·변한은 물론 마한은 단군왕검이 제사와 정치를 동시에 맡아 행하던 고조선과는 달리 제사와 정치를 분리한 제정 분리의 사회였다.

---

20 국읍(國邑): 삼한 시대(三韓時代) 여러 소국 가운데 정치적 중심이 되는 대읍락(大邑落).
21 문신(文身): 살갗을 바늘로 찔러 먹물이나 물감으로 글씨·그림·무늬 따위를 새김. 또는 그렇게 새긴 것. 자문(刺文).

　진한은 대체로 기원 전후부터 4세기경에 지금의 대구·경주 지역에 분포한 12개의 소국을 가리킨다. 대국은 4,000~5,000호, 소국은 600~700호 정도였다고 한다.

　『삼국지』「위서」‘오환선비동이전 한(韓)’조에 다음과 같은 기록이 있다.

　진한은 마한의 동쪽에 있다.

　"옛날 도망쳐온 사람들이 진(秦)나라[22]의 괴롭고 힘든 노동을 피해 한(韓)으로 왔는데 마한이 그 동쪽 땅을 쪼개주었다."

　노인들은 대대로 스스로 이렇게 말했다.

　진한에는 성책[23]이 있다. 진한 사람들이 사용하는 말은 마한과 다르다. 나라(國)를 ‘방(邦)’이라 하고, 활(弓)을 ‘호(弧)’라 하며, 도척(賊)을 ‘구(寇)’라 한다. 그리고 술잔을 돌리는 것을 ‘행

---

22 진(秦)나라: 중국 최초의 대제국인 진(秦, 서기전 221년~206년)은 서기전 771년~221년 중국에 분립한 여러 소제후국들 중 하나인 진(秦)에서 발전한 나라였다. 서기전 247년 왕위에 오른 영정(嬴正)은 재상인 이사와 함께 정복사업을 완성하고 서기전 221년 진 제국을 세웠다. 스스로를 시황제(始皇帝)라고 칭하고, 거대한 영토를 다스리기 위해 만리장성을 쌓았고, 학자들의 정치적 비판을 막기 위하여 의약·점복·농업에 관한 것을 제외한 민간의 모든 서적을 불태우고, 유생들을 생매장한 분서갱유(焚書坑儒) 사건을 일으키는 등 폭력적이고 야만적인 사상, 문화 통제 정책과 권위주의적인 정치를 폈다.

23 성책(城柵): 성에 둘러친 목책(木柵).

상'이라 하며, 서로 부르는 것을 '도(徒)'라 한다. 흡사 진(秦)나라 사람과 같았다. 단지 연(燕)과 케(齊)의 명칭만은 아니었다. 낙랑 사람을 '아잔'이라 했다. 동방 사람은 '나'라는 말을 '아(阿)'라고 하였다. '아잔'이란 낙랑 사람을 이르는 것으로 남아 있는 사람 이라는 말이다.

지금 진한이라 불리는 나라가 있다. 처음에는 여섯 나라였으나 컴차 나누어져 열두 나라가 되었다.

마한보다 세력이 미약했던 진한의 맹주는 경주 지역에 자리 잡고 있던 사로국이었다. 진한은 3세기 후반부터 4세기 중반 사이에 사로국에 의해 통합되어 신라로 발전했다. 진한에 속한 소국24은 『삼국지』 「위서」 '오환선비동이전 한(韓)'조에 따르면 사로국을 비롯하여 불사국25 · 근기국26 ·

<hr>

24 진한(辰韓)에 속한 소국(小國): 이들 가운데 학자들 사이에 그 위치에 대한 비정의 견해차가 크거나 그 위치를 알 수 없는 소국으로 기저국(己柢國) · 염해국(冉奚國) · 여담국(如湛國) · 호로국(戶路國) · 주선국(州鮮國) · 마연국(馬延國) · 우유국(優由國) 등이 있다.
25 불사국(不斯國): 진한에 속한 12 소국의 하나이다. 지금의 경상남도 창녕의 옛 이름인 '비사벌(比斯伐)'에 비정된다. 비사벌은 '빗불[非火]' · '비자불[比自火]' · '비자벌(比子伐)'로도 표기된다.
26 근기국(勤耆國): 진한에 속한 12 소국의 하나이다. 신라 때 근오기현(斤烏支縣)이었던 지금의 경상북도 포항시에 비정하는 견해가 있다.

난미리미동국27 · 기저국 · 염해국 · 여담국 · 호로국 · 주선국 · 마연국 · 우유국이 있다.

김해 · 창원 지역에서 발전한 변한은 맹주국인 구야국을 중심으로 12개 소국이 있었다. 뒤에 가야 여러 나라로 발전했다.

『삼국지』 권30 「위서」 '오환선비동이전 한(韓)'조에 다음과 같은 기록이 있다.

나라에서 철이 생산된다. 한(韓), 예(濊), 왜인들이 모두 와서 사 간다. 시장에서 사고파는 일은 철로 이루어져서 마치 중국에서 돈을 쓰는 것과 같다. 또 낙랑과 대방, 두 군(郡)에도 공급한다.

『후한서(後漢書)』28 권85 「동이열전」75 '한(韓)'조에 다음과 같은 기록이 있다.

---

27 난미리미동국(難彌離彌凍國): 진한에 속한 12 소국의 하나이다. 신라 때 문소군(聞韶郡)의 속현이었던 단밀현(單密縣)이 본래 무동미지현(武冬彌知縣)이었으므로, 경상북도 의성군 단밀면으로 비정하는 견해가 있다.

28 후한서(後漢書): 중국 남조(南朝) 송(宋)나라 범엽(范曄)이 지은 기전체(紀傳體)로 된 동한(東漢)의 역사서이다. 금본(今本)은 전 130편, 130권으로 구성되어 있다.

그 나라에는 철이 생산된다. 예(濊)·왜(倭)·마한이 모두 와서 사 간다. 모든 무역에 있어서 철(鐵)을 화폐로 사용한다.

위의 기사를 통해, '① 변한(가야)에서는 철이 많이 생산되었다. ② 변한에서 생산된 철은 한나라의 군현인 낙랑과 대방은 물론 예·왜·마한에서 사 갔다. ③ 동아시아 무역에서 철은 가장 중심적인 물품이었다. ④ 철은 대외교역과 국내시장에서 화폐의 기능을 하였다.'라는 사실을 알 수 있다.

『삼국지』「위서」'오환선비동이전 한(韓)'조에 따르면 변한에 속한 소국29으로는 구야국, 미오야마국30, 안야국31,

---

29 변한에 속한 소국: 이들 가운데 학자들 사이에 그 위치에 대한 비정의 견해차가 크거나 그 위치를 알 수 없는 소국으로 군미국(軍彌國)·악노국(樂奴國)·감로국(甘路國)·접도국(接塗國)·주조마국(走漕馬國)·고순시국(古淳是國) 등이 있다.

30 미오야마국(彌烏邪馬國): 지금의 경상남도 창원시에 위치했던 소국이다. 경상남도 창원시 지역이 금관가야의 세력권 안에 들어가면서 미오야마국의 이름이 외국에서 가야를 이르는 이름인 임나(任那), 미마나(みまな)의 어원(語原)이 되었다는 견해는 타당성이 있다. 미오야마국(彌烏邪馬國)이 경상북도 고령군에 있었다는 견해는 『일본서기』에 가야 소국인 반파국(伴跛國)이 고령 지방에 있었던 것으로 기록되어 있고, 고령 옆의 성주군에 있었다는 반로국(半路國)이 반파국의 오기라는 것을 생각하면 설득력이 없다.

31 안야국(安邪國): 경상남도 함안군에 있었던 것으로 비정된다. 『삼국사기』·『삼국유사』·『일본서기』·「광개토왕비(廣開土王碑)」에는 아시라(阿尸良)·아나(阿那)·아라(阿羅)·안라(安羅) 등으로 기록되어 있다.

반파국32, 독로국33, 미리미동국34, 고자미동국35, 군미국,
악노국, 감로국, 접도국, 주조마국, 고순시국 등이 있다.

『삼국사기』에 기록되어 있는 진한 계통의 소국으로는 사
로국, 골벌국36, 다벌국37, 비지국38, 조문국39, 실직곡국,

---

32 반파국(伴跛國): 현재의 경상북도 고령군에 있었던 것으로 비정된다. 반로국(半
   路國)이라고도 한다. '반로'의 '로(路)'는 「양직공도(梁職貢圖)」 백제국사 도경(圖
   經)에 나오는 백제 곁의 소국의 하나인 '반파(叛波)'의 '파(波)'나 『일본서기』 권
   17 「계체천황(繼體天皇)」에 보이는 '반피국(伴跛國)'의 '피(跛)'가 잘못 쓰인 것
   으로 볼 수 있다.

33 독로국(瀆盧國): 부산시 동래구에 있었던 것으로 비정된다. 『삼국사기』에 의하
   면 동래 지역에는 거칠산국이 있었던 것으로 되어 있는데, 이는 독로국과 동일
   한 소국으로 보인다.

34 미리미동국(彌離彌凍國): 지금의 경상남도 밀양시에 있었던 것으로 비정된다.

35 고자미동국(古資彌凍國): 지금의 경상남도 고성군에 있었던 것으로 비정된다.
   『삼국사기』에는 '고자군(古自郡)' 또는 '고사포국(古史浦國)', 그리고 『일본서기』
   에는 '고차국(古嵯國)' 또는 '구차(久嵯)'로 되어 있다.

36 골벌국(骨伐國): 경상북도 영천시를 중심으로 한 지역에 있었던 삼한 시대 소
   국. 『삼국사기』 '조분이사금 7년(236년)'조에 골벌국왕 아음부(阿音夫)가 무리
   를 이끌고 신라에 항복하였다는 기록이 보인다. 현재의 영천시 완산동과 범어
   동 일대의 완산으로 비정되는 골화(骨火)는 경주의 나력(奈歷), 영일의 혈례(穴
   禮)와 함께 신라의 국가적 제사로서 산천(山川)에 대하여 행하는 것 중에 가장
   큰 제사인 대사(大祀)를 지내는 삼산(三山)의 하나였다는 기록으로 보아, 영천
   의 재지 세력이었던 골벌국의 지배 세력은 신라의 성장 과정에서 핵심 세력의
   하나로 편입되었을 것으로 추정된다.

37 다벌국(多伐國): 진한 소국 중의 하나이다. 파사이사금 29(108년) 사로국이 병
   합했다. 그 위치는 대구광역시 지역에 비정하는 견해도 있고, 2세기 초엽 사로
   국의 세력 판도로 보아 경상북도 경주시 인근의 흥해 또는 강동면 일대로 비
   정하는 견해도 있다.

38 비지국(比只國): 경상남도 창녕군의 옛 이름인 비자화(比自火)·비사벌(比斯伐)
   ·비자벌(比自伐)과 음이 비슷하여 이곳으로 비정하는 견해도 있으나 그 정확

압독국, 우시산국40, 이서국41 등이 있다. 『삼국지』「위서」 '오환선비동이전 한(韓)'조에 분주42로 인용한 『위략』43에 「염사치 설화」에 대한 기록이 실려 있다.

왕망44이 세운 신(新)나라의 지황 연간(서기 20년~22년)에 염

한 위치는 알 수 없다. 불사국(不斯國)이라고도 한다.

39 조문국(召文國)은 경상북도 의성군 금성면을 중심으로 한 지역에 존재하였던 소국이었다. 『삼국사기』「신라본기」 2 '벌휴이사금 2년(185년)' 조에는 "파진찬(波珍飡) 구도(仇道)와 일길찬(一吉飡) 구수혜(仇須兮)를 임명해 좌우군주(左右軍主)로 삼아 조문국을 치게 했다."고 기록되어 있다. 소문국(召文國)이라고도 한다.

40 우시산국(于尸山國): 현재의 울산광역시 울주군 웅촌면을 중심으로 한 지역에 존재하였던 소국이다. 『삼국사기』 권44 「열전」 4 '거도전'에 탈해이사금(재위: 57년~80년) 때에 벼슬하여 변방의 관리가 된 거도(居道)가 마숙(馬叔)이라는 말달리기 놀이를 빙자하여 신라 국경에 이웃해 있는 우시산국(于尸山國)과 거칠산국(居柒山國)을 멸망시켰다는 기록이 보인다.

41 이서국(伊西國): 경상북도 청도군 이서면을 중심으로 한 지역에 존재하였던 소국이다. 신라에 형식적으로 복속되었으나, 『삼국유사』 권1 '이서국'조에 보면, 신라 유리이사금 14년(37년)에 이서 사람들이 3세기 말 신라의 왕도 금성을 공격했다고 기록되어 있다. 신라 유례이사금(儒禮尼師今, 재위: 284년~298년) 때까지 성읍국가로 존속해 오다가 신라에 멸망당한 것으로 추정된다.

42 분주(分註): 본문(本文) 사이에 두 줄로 나누어 작은 글자로 주(註)를 닮. 또는 그런 주.

43 위략(魏略): 중국 삼국시대 위나라 사람인 어환(魚豢)이 편찬한 역사서.

44 왕망(王莽, 서기전 45년~서기 23년)은 중국 역사상 최초로 선양의 형식으로 왕위를 양도받는 역성혁명(易姓革命)을 일으켜 신(新)나라를 건국한 전한(前漢) 말기의 정치가이다.

사치는 진한의 우거수[45]가 되었다. 그는 낙랑이 토지가 기름겨
서 사람들의 생활이 풍요하고 안락하다는 소식을 듣고 도망가서
항복하기로 마음먹었다.

읍락을 나와 낙랑을 향해 걸음을 옮기던 염사치는 밭에서 참
새를 쫓고 있던 남자를 만났다. 그가 쓰는 말이 삼한 사람의 말
이 아니었다.

"한(漢)나라에서 왔소?"

염사치가 물었다.

"그러하오. 나는 이름이 호래[46]라고 하는 한(漢)나라 사람이
오. 한나라 사람 1천 500명과 함께 벌목을 하러 왔다가 진한
사람들의 습격을 받아 포로가 되어 모두 머리를 깎이고 노예가
된 지 3년이 되었소."

호래가 말했다.

"나는 한나라의 낙랑에 투항하려고 가는 길인데 같이 가지 않
겠소?"

---

45 우거수(右渠帥): 삼한 시대 지배자의 칭호.

46 호래(戶來): 「염사치 설화」에 등장하는 인물인 호래는 한(漢)나라 사람으로 염
   사치와 만나기 3년 전에 재목을 벌채하기 위해 진한 지방에 왔다가 토착 세력
   에게 붙잡혀 노예가 된 1,500명의 한나라 사람 중 한 사람이었다. 낙랑을 중
   심으로 활동하던 한(漢)나라 상인으로 추정되며 상업 활동 중에 토착 세력에게
   붙잡혀 노예가 되었던 것으로 보인다는 견해가 있다.

염사치가 말했다.

"그러겠다."

호래가 대답했다.

염사치가 호래를 데리고 출발해 낙랑군의 함자현에 이르렀다. 염사치는 호래와 함께 함자현 관청으로 갔다. 염사치는 한(漢)나라 사람이 변한에 포로로 잡혀 강제로 괴롭고 힘든 노동을 하고 있는 사실을 함자현 당국자에게 보고했다. 함자현 당국자가 염사치로부터 들은 사실을 낙랑군 당국에 보고하였다.

낙랑군은 염사치를 길라잡이와 통역으로 삼아 잠중 지역에서 큰 배를 타고 진한으로 들어가 호래와 같이 항복한 한(漢)나라 사람들을 맞이하여 생존자 1,000명을 얻을 수 있었다. 나머지 500명은 이미 죽은 뒤였다.

"너희는 500명을 돌려보내라. 그렇지 않으면 낙랑이 1만 명의 군사를 보내 배에 태우고서 너희를 공격해 올 것이다."

염사치가 진한 측에 일러 말했다.

"그 500명은 이미 죽었으니 우리는 대속47할 것으로 내겠다."

---

47 대속(代贖): 남의 죄를 대신하여 당하거나 대신 속죄(贖罪)함.

진한 측이 말했다.

이미 죽은 사람 500명의 대가로 진한 사람 1만 5천 명과 변한포 1만 5천 필을 내주었다.

염사치는 이를 받아 바로 낙랑군으로 돌아왔다. 낙랑군에서 염사치의 공(功)과 의(義)를 기려 그에게 벼슬자리를 내리고 논밭과 집을 하사했다.

염사치의 자손들이 여러 대에 걸쳐 읍군의 지위를 이어받았다. 안제[48] 연광 4년(125년)에 이르러 본래 받았던 벼슬자리를 다시 내렸다.

『위략』에 실려 있는 「염사치 설화」를 통해 변진의 다양한 모습을 알 수 있다. 호래처럼 한(漢)나라 사람들 가운데 토착 한인들에게 잡혀 노예 생활을 한 사람들도 있었다는 것을 알 수 있다. 또한 염사치가 육상의 길을 이용해 낙랑군으로 들어갔다가 바닷길을 통해 '진한'으로 돌아왔다는 기록을 통해 낙랑군으로 가는 통로가 육로와 해로[49] 두 가지 길이 있었다는 것을 알 수 있다. 「염사치 설화」를 통해

---

48 안제(安帝): 후한(後漢)의 제6대 황제.
49 해로(海路): 바다 위의 배가 다니는 길. 바닷길.

전기 가야 소국의 지배층이 중국 군현의 지배층과 통교하고 있었다는 것을 추정할 수 있다. 학계에서「염사치 설화」를 진한 내 변한의 형성이라는 측면, 혹은 낙랑군과의 교역에 있어서 전문 집단의 출현이라는 측면에서 연구한 바가 있다.『위략』의 기사에 나오는 염사치가 진한 출신인가, 변한 출신인가 하는 문제에 대해 여러 견해가 있다.『위략』의 기록에 염사치가 1세기 전반기에 진한의 우거수가 된 사람이라고 서술되어 있다. 그러나『후한서』권85「동이열전」75 '한(韓)'조의 기록을 살펴보면 염사치가 정말 진한 출신인가 하는 의문을 품게 한다.『후한서』권85「동이열전」75 '한(韓)'조에 기록되어 있는 다음 사료를 면밀히 살펴볼 필요가 있다.

건무 20년(서기 44년) 한(韓)나라 염사 사람 소마시 등이 낙랑에 와서 조공을 했다. 광무제가 소마시를 한(漢)나라 염사 읍군[50]으로 삼고 낙랑군에 소속 시켜 사시에 조알하도록 했다.

---

50 읍군(邑君): 초기 국가의 지배자 칭호. 예(濊)와 옥저(沃沮)에서 보이며, 하호(下戶)에 대한 지배권을 가지고 있었다.

염사 사람 소마시가 한(韓)나라 사람이라고 기술하고 있다. 소마시는 염사치와 같은 염사 사람이라는 것을 알 수 있다. 염사는 읍(邑)의 이름이다. 시(諟)의 발음은 시(是)이다. 광무제는 소마시를 한(漢)나라 염사 읍군으로 삼아 낙랑군에 속하게 하여 봄, 여름, 가을, 겨울의 사철에 조공케 했다.

『후한서』「동이열전」'한(韓)'조의 기사를 통해 낙랑군이 삼한사회에까지 손을 뻗쳐 경제적인 수탈을 감행하면서 삼한 사람을 읍군으로 삼는 등 정치적인 회유책을 썼다는 사실을 살펴볼 수 있어 주목된다.

염사를 경상남도 창원이나 경상남도 주변 지역으로 비정하는 견해도 있으나 일찍부터 염사를 김해의 구야국이라고 비정하는 견해가 발표되었다. "염사치·염사읍군은 임나의 신지를 이름한 것이라고 할 것이며, 또한 『삼국지』에서 보는 바와 같이 염은 구야진지(拘邪秦支)인 만큼 구야국의 신지가 되므로, 염사·임나· 구야는 동일한 지명으로 보아야 할 것이다."라고 말하면서 염사치를 구야 사람, 즉 변한인으로 보는 견해가 있다. 그런데 소마시와 염사치가 같은 인물인지 아닌지는 판별하기가 쉽지 않다. 염사치와 소마시는 같은 인물이거나, 소마시가 염사치의 아들 정도가 될 것으로 보는 견해가 있다.

『삼국지』 권4 「위서」4 '오환선비동이전'에 '구야진지렴'이라는 구절이 보인다.

> 진왕은 월지국[51]을 다스린다. 신지에게는 간혹 우대하는 호칭인 '신운견지보 안야축지 분신리 아불례 구야진지렴[52]'의 칭호를 더하기도 한다. 그들의 관직에는 위솔선 · 읍군 · 귀의후 · 중랑장 · 도위 · 백장이 있다.

'염(廉)'은 '염사'의 줄임말로 볼 수 있고, '진지'는 삼한 여러 소국의 거수 가운데 가장 큰 권력을 가진 존재를 일컫는 칭호인 신지로 볼 수 있다. 염사치가 구야국(가락국)의 신지라면 그는 변한 사람이다. 그런데 염사치가 진한의 우거수가 될 수 있었을까? 『삼국지』 권4 「위서」4 '오환선비동이

---

51 월지국(月支國): 목지국(目支國)이라고도 한다. 월지국은 초기 철기 시대 이래 지금의 충청남도와 전라남 · 북도 지역에서 형성, 발전되어온 토착 정치 집단의 하나로, 백제국(伯濟國)이 마한의 주도 세력으로 성장하기 전까지 마한 소국 연맹체(小國聯盟體)의 중심 세력이었다.

52 신운견지보(臣雲遣支報) 안야축지(安邪踧支) 분신리아불례(濆臣離兒不例)구야진지렴(拘邪秦支廉): 신운국(臣雲國) 곧 신운신국(臣雲新國)의 견지(遣支) 곧 험측(險側)인 보(報)와, 안야국의 축지(踧支) 곧 신지와, 분신리아국(濆臣離兒國) 곧 신분활국(臣濆活國)의 불례(不例) 곧 번예(樊濊)와, 구야국(拘邪國)의 진지(秦支)인 염(廉)으로 풀이하는 견해가 있다.

전'에 "변진은 진한과 잡거하는데 성곽이 있는 점과 의복이 모두 같고 언어와 풍속에 다른 점이 있다."라는 기록이 있다. 염사치가 살았던 시대에는 진한과 변한이 잡거[53]했기 때문에 변한 출신의 염사치도 진한의 우거수를 칭할 수 있었다고 비정할 수 있다.

「염사치 설화」는 구야국(금관가야)과 낙랑군의 교역과 관련이 있는 설화로 볼 수 있으며, 금관가야사의 전단계로서 초기 국가 성립기를 시간적 배경으로 한 설화이다.

---

53 잡거(雜居): 여러 사람이 섞여 삶.

6. 변한 12국과 가야

가야의 여러 나라가 변한에서 출발했다. 『삼국지』 「위서」 '오환선비동이전 한(韓)'조는 다음과 같이 3세기 중반의 상황을 전하고 있다.

변진도 12국으로 이루어져 있다. 역시 여러 개의 작은 별읍이 있다. 그중에서 세력이 큰 사람은 신지라 하고, 그다음에는 험측이 있고, 다음에는 번예가 있고, 다음에는 살해가 있고, 다음에는 읍차가 있다.

이커국, 불사국, 변진미리미동국, 변진컵도국, 근기국, 난미리미동국, 변진고자미동국, 변진고순시국, 염해국, 변진반로국, 변진낙노국, 군미국, 변군미국, 변진미오야마국, 여담국, 변진감로국, 호로국, 주선국, 변진구야국, 변진주조마국, 변진안야국, 마연국, 변진독로국, 사로국, 우중국이 있다. 변한과 진한을 합하여 24국이다. 큰 나라는 4천~5천 가, 작은 나라는 6백~7백가이며, 총 4만~5만 호이다.

　이 가운데 변진 12국은 미리미동국, 접도국, 고자미동국, 고순시국, 반로국, 낙노국, 미오야마국, 감로국, 구야국, 주조마국, 안야국, 독로국이다. 변진은 마한처럼 여러 개의 읍락이 하나의 소국을 이루고 각 소국에는 거수라 불리는 우두머리가 있었다. 『삼국지』「위서」'오환선비동이전 한(韓)'조의 기록을 통해 우리가 알 수 있는 것은 이 시기까지 가야란 명칭을 쓰지 않았다는 사실이다. 1~3세기 변한의 소국들을 가야사에 편입시키는 문제를 두고 크게 두 가지 견해가 있다. ① 변한 소국들의 역사를 가야사에 포함해 논의하는 견해이다. ② 1~3세기는 변한의 역사이고, 가야의 성립 시기는 3세기 말 4세기 초로 보아야 한다는 견해이다. 『삼국지』가 기록한 변한사가 가야사와 구별되는 전사가 아니라 가야 전기의 역사로 파악해야 한다는 견해가 타당성이 있다. 『삼국지』「위서」'오환선비동이전 한(韓)'조에 나타나는 변진 12국이 전기 가야 시대에 있었던 가야 12국이다.

　가야의 성립 시기와 관련해서 학계에서는 서기전 2세기, 서기전 1세기~서기 1세기, 서기 1세기, 3세기 후반 등 다양한 견해가 있다. 이 가운데 가야 소국의 성립을 남해안 지역에서 지석묘의 청동기 문화가 널무덤의 철기 문화로 교체되는 시기와 변화에서 찾고, 소국에서 대국으로 성장하는 시기를 대성동 29호분의 등장처럼 대형 덧널무덤이 출현하고 풍부한 철광석 산지가 확인되는 3세기 중후반으로 보는 견해가 타당성이 있다.

변한 땅인 낙동강 하구 지역에 서기전 2세기 말~1세기 초 고급의 금속 문화인 철기 문화를 가진 김수로 집단이 가락국을 건설한 것이 변한 구야국의 시작이었고, 가야사의 시작이었다. 그 이전까지는 지역별로 특색 있는 유물이 나타나지 않고, 변한과 진한이 제사 빼고는 비슷했다는 『삼국지』 「위서」 '오환선비동이전 한(韓)'조의 기록과 일치하기 때문이다. 따라서 3세기 중후반에 조성된 대성동 29호분의 편년1을 가야사의 시작으로 보는 견해는 설득력이 떨어진다.

가야는 문헌 기록에 여러 가지 이름으로 나타나는데, 가야 외에 구야·가라·가락 등의 이름이 전하고 있다. 이것들은 모두 '가야'의 다른 표기이다. 가야라는 말의 기원에

---

1 편년(編年): 연대순으로 역사를 편찬함. 연대기(年代記).

대해서는 한 조상의 핏줄을 이어받은 자손들을 뜻하는 '겨레'가 음운 변화로 가야가 됐다는 견해, 가야 여러 나라가 낙동강 유역에 자리 잡고 있었으므로 낙동강을 뜻하는 '가람'의 변형이라는 견해, 개간한 평야를 뜻하는 '가라(Kala)'에서 왔다는 견해, '가나2'에서 온 것으로 보고, 가야 사람들이 쓰는 뾰족한 고깔에 그 기원을 두고 있다는 견해, 한국어의 '갈래'에서 왔다는 보는 견해, 신의 나라, 큰 나라의 뜻을 갖고 있는 '간나라'로 보는 견해, 해변에 위치했다는 의미의 '갓나라'에서 왔다는 견해, 성읍이란 의미의 '구루'에서 왔다는 견해 등 다양한 견해가 있다. 이 가운데 가야의 기원이 '겨레'라는 견해가 여러 학자의 지지를 받고 있다.

'가야'의 여러 표기 가운데 『삼국지』 「위서」 '오환선비동이전 한(韓)'조의 구야국을 제외하면 시기적으로 음운의 변화 과정이 가락→가라→가야의 순으로 이루어졌다는 것을 알 수 있다. 그리고 가야는 먼저 김해 지역의 금관가야를 지칭하는 이름으로 사용되었으며, 5세기 후반 이후 고령 지역의 반파국이 이를 그대로 이어받아 대가야라고 칭하면

---

2 가나(駕那): 벼슬아치나 임금들이 쓰던 모자인 관책(冠幘).

서 가야라는 이름을 사용하였던 것으로 보인다.

『삼국유사』 권1 「기이」1 '5가야'조에 다음과 같은 기록이
실려 있다.

『가락국기』의 찬(贊)3을 살펴보면, 자줏빛 끈 하나가 하늘에서
내려와 둥근 알 여섯 개를 내려 주었다. 이 중 다섯 개 알은 여
러 고을로 돌아가고 한 개가 이 성(城)안에 남았다. 즉 한 개는
수로왕이 되었고, 각 고을로 돌아간 다섯 개는 각각 다섯 가야의
임금이 되었다 한다. 그러므로 금관국을 이 다섯 개의 수에 넣지
않은 것은 당연하다. 그런데 고려의 『사략』4에는 금관까지 그
수에 넣고 창녕까지 더 기록했으니 잘못된 것이다.

5가야는 아라가야[라(羅)를 야(耶)라고도 했다. 지금의 함안이
다.], 고령가야[지금의 함녕이다.]·대가야[지금의 고령이다.]·
2성산가야[지금의 경산 혹은 벽진이다.]·소가야[지금의 고성이
다.]. 또 고려의 『사략』에는, "태조 천복5 5년 경자에 오가야의
이름을 고쳤다. 즉 1은 금관[김해부가 되었다.] 2는 고령[지금의

---

3 찬(贊): 인물이나 서화를 찬미하는 한문 문체.
4 사략(史略): 고려 시대에 편찬된 고려의 역사 관련 저술로 보인다.
5 천복(天福): 후진(後晋) 고조의 연호로 936년~943년에 사용하였다.

가리현 되었다.], 3은 비화[지금의 창녕이니, 고령의 잘못인 듯 싶다.]요, 나머지 둘은 아라와 성산이다” 했다. [위 주(注)와 같다. 성산은 혹 벽진가야라고도 한다.].

『삼국유사』에는 아라가야6, 고령가야7, 대가야8, 성산가야9, 소가야10, 비화가야11 등이 기록되어 있다.

『삼국유사』의 기록은 변한 12개국 가운데 6개국이 낙동강 유역을 중심으로 출현했음을 말해주고 있다. 6개의 가야국이 있었다는 것이다. 이른바 '6가야설'로 ㅇㅇ가야라는 말을 쓴 것이 가야 시대 사람들의 생각이 아닌 고려 시대 사람들의 생각을 투영한 것으로 보고 비판하는 견해도 있다. 하지만 당대에도 임라가랑(『삼국사기』), 임나가라(「광개토왕비문」, 「진경대사탑비문」, 『일본서기』12)라고 ㅇㅇ가라(가야)라는 말을 쓴 용

6 아라가야(阿羅加耶): 지금의 경상남도 함안군으로 비정된다.
7 고령가야(古寧加耶): 지금의 경상북도 상주시 함창읍으로 비정하는 견해가 있으나 확실하지 않다. 고령가야라는 이름은 『삼국유사(三國遺事)』 5가야조(五加耶條)와 『삼국사기』 지리지(地理志) 상주(尙州) 고령군조(古寧郡條)에 보인다.
8 대가야(大加耶): 지금의 경상북도 고령군으로 비정된다.
9 성산가야(星山加耶): 지금의 경상북도 성주군으로 비정된다.
10 소가야(小加耶): 지금의 경상남도 고성군으로 비정된다.
11 비화가야(非火加耶): 지금의 경상남도 창녕군으로 비정된다.

례가 있는 것에 유의할 필요가 있다. 또한 '금관가야'는 가야 여러 나라 중 '금관국'이라는 뜻으로 사용했을 수도 있다.

『삼국유사』에 가락국의 왕력13까지 기록하고 있는 것은 주목된다. 한편 『삼국사기』에는 금관국, 가야국, 남가야, 대가야, 아라국, 고령가야, 비자화국, 감문국 등이 보이고, 『양직공도』14에는 반파, 탁, 다라, 전라, 상기문 등의 이름이 보인다. 그리고 『일본서기』에는 남가라국, 반파국, 안라국, 비자발국, 고차국, 탁순국, 사이기국, 다라국, 졸마국, 자타국, 산반해국, 걸손국, 임례국, 대사국, 기문국, 탁기탄

---

12 일본서기(日本書紀): 서기 720년 일본의 도네리신노(舍人親王) 등이 편찬한 일본 최초의 정사(正史)로 30권으로 되어 있다. 신대(神代)부터 지토천황(持統天皇, 재위: 645년~702년)까지를 편년체(編年體)로 기록하였다.

13 가락국(駕洛國)의 왕력(王歷): 가락국에서 일어난 일을 연대순으로 정리한 연표.

14 양직공도(梁職貢圖): 서기 526~536년 무렵 중국 양(梁)나라 원제(元帝, 재위: 552년~554년)가 왕위에 있을 때 소역(蕭繹)이 양나라에 파견된 외국인 사절을 그림으로 그려 해설한 문서이다. 가야사와 관련해 백제에 부속된 나라로 반파(叛波), 탁(卓), 다라(多羅), 전라(前羅), 사라(斯羅), 지미(止迷), 마련(麻連), 상기문(上己文), 하침라(下枕羅) 등 9개의 국가를 열거하고 있어 주목된다. 즉, 9소국 중 반파·탁·다라·전라·상기문 등은 가야의 여러 소국들을 의미하며, 지미·마련·하침라 등의 소국은 가야계 소국인지 아니면 영산강과 섬진강 일원에 흩어져 있는 소국을 지칭하는 것인지 확실하지 않다. 한편 당(唐)나라 고조(高祖) 7년(624년), 구양순(歐陽詢) 등이 편찬한 『예문유취(藝文類聚)』에 따르면, 소역(蕭繹)은 양(梁)나라 무제(武帝)의 아들로 훗날의 원제(元帝)이다. 소역이 형주자사(荊州刺史)로 재임(526년~539년)할 때에, 무제의 즉위 40년을 맞아 주변 여러 나라가 양나라에 조공한 성황을 기록하기 위해 『양직공도』를 제작하였다고 전한다.

국, 상다리국, 하다리국, 사타국, 모루국 등의 이름이 보인
다. 이들 가운데 건국 신화가 지금까지 전해지고, 나라 이
름으로 '가야' 혹은 '가라'라는 이름을 쓴 나라는 김해의 금
관가야(가락국, 대가락, 임나가라, 남가야, 하가라)와 고령의 대
가야(반파국, 상가라)뿐이다. 신라와 백제의 영역이 아니었던
지역을 가야라 하고, 후대 사람들이 가야 지역이라고 인식
하고 있는 지역에 가야 계통의 유물이 나오고 있는 것으로
보아, 가야 여러 나라가 정치적·경제적·문화적으로 서로
관계를 맺고 있었을 것으로 추정된다.

7. 황산진 전투

『삼국사기』 권1 「신라본기」1 '탈해이사금 21년'조에 실려 있는 다음 기사는 1세기 초에 일어난 것으로 기록되어 있다.

> 탈해이사금 21년(77년) 가을 8월에 아찬[1] 길문[2]이 가락국(금관가야)의 병사들과 황산진[3] 어귀에서 전투를 벌여 1천여 명의 목을 베었다. 길문을 파진찬[4]으로 삼고 금관가야와의 전투에서 세운 공적을 포상하였다.

그러나 위의 기사는 실질적으로는 낙동강 동쪽에 대한

---

1 아찬(阿湌): 신라 경위 17관등제의 제6등에 해당하는 관등.

2 길문(吉門): 신라 초기에 아찬, 파진찬 등을 역임한 관리이다. 탈해이사금 21년(서기 77년)에 황산진(黃山津) 어귀에서 신라에 쳐들어온 금관가야 군사 1,000여 명의 목을 벤 공으로 관등이 아찬에서 파진찬으로 승급되었다.

3 황산진(黃山津): 지금의 경남 김해시와 양산시 사이를 흐르는 낙동강(황산하) 하류의 나루터로 수로(水路) 교통상의 요충지이다.

4 파진찬(波珍湌): 신라 경위 17관등제의 제4등에 해당하는 관등.

신라의 패권이 어느 정도 확정이 되고 낙동강 서쪽에 대한 금관가야의 패권이 확정된 이후인 3세기 후반쯤의 기사라는 견해가 있다.

서기 94년 봄, 금관가야 군사들이 마두성을 에워쌌다. 신라 파사이사금(재위: 80년~112년)은 아찬 길원으로 하여금 군사 천 명을 거느리고 나가 싸우도록 했다. 신라 군사들은 금관가야 군사들을 공격하여 퇴각시켰다.

서기 96년, 가을 9월 금관가야 군사들이 남쪽 변경을 습격하였다. 신라의 파사이사금은 성주 장세를 보내 방어토록 하였으나, 그가 전사하였다. 파사이사금이 노하여 정예병 5천을 거느리고 출전하여 금관가야 군사들을 물리쳤다. 노획한 물자가 매우 많았다.

서기 97년 봄 정월, 파사이사금은 군사를 동원하여 금관가야 군사를 치려고 하였으나, 김수로왕이 사신을 보내 사죄하였으므로 이를 중지하였다.

『삼국사기』권1「신라본기」1 '파사이사금 23년'조에 실려 있는 다음 기사는 1세기 초에 일어난 것으로 기록되어 있다.

파사이사금 23년(서기 102년) 가을 8월, 음즙벌국[5]과 실직곡

국6이 영토를 놓고 다투다가 파사이사금에게 가서 결정해 줄 것을 청하였다. 파사이사금이 어렵게 여겼다.

"가락국의 수로왕이 나이가 많아 지식이 많다."

파사이사금이 말했다.

파사이사금은 금관가야의 김수로왕을 신라로 초대하여 물어보았다.

"다툼이 된 땅을 음즙벌국에 속하게 하는 게 좋을 것 같소."

김수로왕이 의견을 내었다.

이에 파사이사금이 6부7에 명하여 김수로왕을 만나 잔치를 베풀게 하였다. 5부는 모두 이찬8이 잔치의 주관자가 되었다. 그러나 유독 한기부9만이 지위가 낮은 자를 주관자로 삼았

---

5 음즙벌국(音汁伐國): 현재의 경상북도 경주시 안강읍에 가까운 지역에 있었던 소국. 음즙벌국의 위치에 대해서는 지금의 경상북도 포항시 흥해읍 쪽이라고 보는 견해도 있다.

6 실직곡국(悉直谷國): 현재의 강원도 삼척시 일대에 있었던 소국. 실직국(悉直國).

7 6부(六部): 초기 신라의 국가를 구성했던 6개의 정치체. 그렇지만 파사이사금 시기에 6부가 모두 갖추어져 있었는지에 대해서는 논란이 있다.

8 이찬(伊飡): 신라의 십칠 관등 가운데 둘째 등급. 잡찬의 위, 이벌찬의 아래로 진골만이 오를 수 있었음.

9 한기부(漢岐部): 초기 신라 때 둔 6부(六部)의 하나. 유리왕 9년(32년)에 6촌(六村)을 6부(六部)로 바꿀 때 금산가리촌(金山加利村)을 고친 것으로, 성(姓)을 배씨(裵氏)로 받았으며 지금의 경상북도 경주시 북천 북쪽의 소금강산 일대로 비정된다.

다.[10]김수로왕이 분노하여 자신의 노복[11]인 탐하리[12]에게 명하여 한기부의 주관자 보케를 죽이게 하고는 돌아가 버렸다. 노복 탐하리는 음즙벌국의 왕 타추간[13]의 집에 도망가서 의지하였다. 파사이사금이 사람을 시켜 그 노복을 붙잡게 하였다. 타추가 보내주지 않았다. 파사이사금이 분노하여 군사를 일으켜 음즙벌국을 정벌했다. 음집벌국의 왕이 자신의 무리와 함께 스스로 항복하였다. 실직과 압독[14], 두 나라 왕도 와서 항복하였다.

금관가야의 김수로왕이 신라 파사이사금의 초청을 받고 신라를 방문해 신라 세력권 안의 두 소국인 음집벌국과 실직곡국의 영토 분쟁에 대해 판결을 했다는 것이다. 『삼국유

---

10 한기부(漢祇部)만이 ～ 주관자로 삼았다: 한기부는 탈해를 시조로 하는 석씨 족단이 중심이 된 부로 파악되는데, '6부' 가운데 유독 한기부만 우두머리인 이찬이 아닌 지위가 낮은 자를 잔치의 주관자로 내보냈다는 설화는 탈해가 신라로 들어오기 전에 가락국 김수로왕과의 대결에서 패퇴한 데서 생긴 구원(舊怨)이 크게 작용한 것으로 파악하는 견해가 있다.

11 노복(奴僕): 사내종.

12 탐하리(耽下里): 가락국의 김수로왕이 신라의 수도를 방문했을 때 동행한 인물.

13 타추간(陁鄒干): 음즙벌국의 왕으로 전하는 인물.

14 압독(押督): 현재의 경상북도 경산시 지역에 있었던 소국. 『삼국사기』 권34 잡지3 지리1 '양주 장산군'에는 '압량소국(押梁小國)'이라는 이름으로 나온다.

사』「가락국기」에 보이지 않는 기사이다. 이 기사에서 주목할 것은 ① 신라를 구성하는 한기부가 대외 문제에 있어서 독자적인 행동을 하고 있으며, 김수로왕의 판결에 한기부가 따르지 않는 데도 파사이사금이 직접적으로 개입하지 않고 있다는 점이다. ② 손님 접대의 예의를 문제 삼아 신라 최고 귀족의 한 사람을 죽여도 파사이사금이 직접 항의하지 않는다는 점이다. ①의 경우 초기 단계의 삼한 소국의 정치권력의 한계와 읍락 집단의 상호 관계를 반영하는 예라고 볼 수 있고, ②의 경우 김수로왕이 영남 지역에서 정치적 위상이 확고했음을 미루어 짐작하게 하는 기사로 신라보다 금관가야가 우세했던 정세를 반영한 것이라고 할 수 있다.

『삼국사기』「신라본기」'파사이사금'조의 기사를 통해 신라와 금관가야가 각각 주변의 소국들의 문제를 중재하는 연맹장의 위치에 있었다는 점을 알 수 있다. 그리고 그 다음에 신라 6부가 중앙 정부의 명령에도 불구하고 한기부라는 신라를 구성하는 읍락이 대외 문제에 있어서 개별적인 견해를 가지고 독자적인 대응을 하고 있었다는 것을 알 수 있다. 뿐만 아니라 신라 가까이에 병존하고 있던 압독국을 이 시기에 와서 겨우 병합할 만큼 신라의 국력이 낮았다는 것을 알 수 있다. 한편 김수로왕의 판결에 대해 오직 한기부만이 지위가 낮은 자를 주관자로 삼는 등 김수로왕의 판결에 한기부가 반발한 이유는 금관가야로부터 신라를 거쳐서 실직곡국까지 가는 연안 항로에 얽힌 이권 다툼 때문이었고, 김수로왕이 음즙벌국의 손을 들어 주자 한기부의 이권이 훼손된 것에 대한 반발이었다고 보는 견해가 있다.

김수로왕 73년(서기 115년) 봄 2월, 금관가야 군사들이 신라의 남쪽 변경을 침공했다. 가을 7월에 신라의 지마이사금(재위: 112년~134년)이 친히 보병과 기병을 거느리고 황산하를 건넜다. 금관가야의 군사들이 숲속에 매복하고 신라 군사들을 기다리고 있었다. 지마이사금이 이 사실을 깨닫지 못하고 곧바로 전진했다. 금관가야 군사들이 일어나 신라 군사들을 여러 겹으로 포위했다. 지마이사금이 군사들을 지휘하여 맹렬히 싸웠다. 마침내 신라 군사들은 금관가야 군사들의 포위를 뚫고 퇴각하였다.

김수로왕 74년(서기 116년) 가을 8월 지마이사금은 장수를 보내어 금관가야를 공격하게 했다. 지마이사금도 정예 군사 1만 명을 거느리고 뒤를 이었다. 금관가야 군사들이 성문을 닫고 굳게 수비했다. 그때 마침 비가 오랫동안 내렸

다. 마침내 지마이사금이 이끄는 신라 군사들은 그냥 돌아
갔다.

　김수로왕에게 패해 신라로 달아난 탈해가 그 후 신라의
최고 지배자가 되면서 금관가야와 신라 사이에 팽팽한 긴
장이 흐르게 된다. 탈해이사금(재위: 57년~80년)은 전보다
강해진 군사력으로 금관가야를 공격했다. 그러나 신라가
크게 이겼다는 기록이 없다. 이것은 이 시기 신라와 금관가
야가 군사력 등이 서로 비슷했다고 해석할 수 있다. 1만 명
의 신라 군사들이 금관가야 군사들이 지키는 성을 무너뜨
리지 못하고 되돌아간 기사가 잘 말해주는 것처럼 금관가
야의 군사력도 만만치 않았기 때문이다. 진한의 연맹장15인
신라와 변한의 연맹장인 금관가야의 이 전투는 『삼국사기』
에는 2세기 초반인 서기 116년에 일어난 것으로 기록돼 있
다. 그러나 여러 정황으로 미뤄볼 때 3세기 후반에 있었던
일을 앞당겨 기록한 것으로 보는 견해가 있다. 진한의 연맹
장인 신라와 변한의 연맹장인 금관가야가 팽팽한 군사적

---

15 연맹장(聯盟長): 연맹을 맡아 이끌어 나가는 우두머리.

대립을 보였던 시기가 바로 3세기 중반이었다는 것이다. 이렇게 금관가야와 신라가 황산하를 사이에 두고 전투를 벌이는 기사는 『삼국사기』에 서기 77년부터 116년까지 여덟 차례나 나온다. 이러한 기사는 금관가야와 신라가 각각 연맹장의 지위를 확보한 이후 3세기 무렵의 사실로 봐야 한다.

8. 구간 명칭 변경과 직제 개편

어느 날이었다.

"구간들은 모두 여러 관리의 으뜸인데, 그 직위와 명칭이 모두 소인이나 농부들의 칭호이고, 그 직위와 명칭이 모두 소인·농부들의 칭호이고 고관 직위의 칭호가 아니다. 만일 외국에 전해진다면 반드시 웃음거리가 될 것이다."

김수로왕이 신하들에게 말했다.

이리하여 아도를 고쳐서 아궁이라 하고, 여도를 고쳐서 여해, 피도를 피장, 오도를 오상이라 하고, 유수와 유천의 이름은 윗 글자는 그대로 두고 아래 글자만 고쳐서 유공·유덕이라 하고 신천을 고쳐서 신도, 오천을 고쳐서 오능이라 했다. 신귀(神鬼)의 음(音)은 바꾸지 않고 그 훈(訓)만 고쳐서 신귀(臣貴)라고 했다. 또 계림의 직제1를 취해서 각간2 아질

---

1 직제(職制): ① 관제(官制). ② 직무나 직위에 관한 제도.
2 각간(角干): 신라 17관등제 가운데 제1관등으로 이벌찬(伊伐湌)이라고도 하였다.

간3 급간4의 차례를 두고, 그 아래의 관리는 주(周)나라 법과 한(漢)나라 제도를 가지고 나누어 정했다. 이른바 이것은 옛것을 고쳐서 새것을 취하고, 관직을 나누어 설치하는 방법이었다. 이에 비로소 나라를 다스리고 집을 정돈하며, 백성들을 자식처럼 사랑하니 그 교화는 엄숙하지 않아도 위엄이 있고, 그 정치는 엄하지 않아도 다스려졌다. 더구나 왕이 왕후와 함께 사는 것은 마치 하늘에게 땅이 있고, 해에게 달이 있고, 양(陽)에게 음(陰)이 있는 것과 같았다. 그 공은 도산5이 하(夏)를 돕고, 당원6이 교씨를 일으킨 것과 같았다. 그해에 왕후는 곰을 얻는 꿈을 꾸고 태자 거등공을 낳았다.

김수로왕은 관제를 정비하면서 다른 구간들과 더불어 금관가야 건설과 왕비 맞이의 주역으로 활약했던 신귀간(神鬼

---

3 아질간(阿叱干): 신라 17관등제의 제6관등으로 아간(阿干)이라고도 하였다.

4 급간(級干): 신라 17관등제의 제9관등으로 급찬(級湌)이라고도 하였다.

5 도산(塗山): 도산씨(塗山氏)의 딸이 하(夏)나라 우(禹)임금에게 시집가 도왔다. 도산은 우임금이 제후들과 맹세한 땅이다.

6 당원(唐媛): 중국의 전설상의 임금인 요(堯)임금의 딸 아황(蛾黃)과 여영(女英)으로 순(舜)임금에게 시집가 교씨(嬌氏)의 시조가 되었다.

干)의 칭호를 신귀간(臣貴干)으로 개칭하는 등 구간의 명칭을 관직 명칭에 걸맞게 바꾸고, 신라와 중국의 관제를 모방하여 관제 개혁을 단행했다. 구간의 존재는 금관가야가 초기부터 정치 조직을 갖추고 있었다는 것을 말해주고 있다. 한편 신라의 직제를 취해서 각간·아질간·급간 등의 신분 차례를 두었다고 『삼국유사』 「가락국기」에 기술되어 있다. 그러나 이 기사를 그대로 신빙하기는 곤란하다면서 신라에 병합되었던 금관가야 왕족과 백성이 신라의 신분 제도에 편제되면서 그 이전의 신분 제도까지 소급하여 고친 것으로 보는 견해가 있다. 『삼국유사』 '왕력편'에 보이는 천부경·종정감·사농경 등의 관직 이름이 중국의 관직 이름인지, 아니면 중국의 관직 이름을 금관가야에서 받아들여 실제로 사용했던 관직 이름인지 판단하기가 쉽지 않다. 그러나 『삼국유사』 「가락국기」의 기록을 토대로 금관가야의 관직 이름으로 보고, 천부경·종정감 등의 기구와 각간·아질간·급간 등의 관등 등은 전성기의 금관가야가 부체제적 성격을 지니는 정치체였음을 보여 주는 것이라고 보는 견해가 설득력이 있다.

한편 『삼국유사』 '왕력편'에 거등왕·거즐미왕·이시품왕의 아들을 태자로, 취희왕·질지왕·겸지왕의 아들을 왕자로, 좌지왕·구형왕의 아들을 자(子)로 각각 기술하고 있다. 이것은 지배 계층 사이에 이미 신분 질서가 형성되어 있었다는 것을 시사하고 있다. 금관가야에 신분 질서가 형성되어 있다는 사실은 대성동 고분에서 출토된 금동관 편(片)과 금귀걸이, 금동제 화살통, 금동제 허리띠, 큰 칼의 은제 장식 등 금동제 유물이 잘 보여 주고 있다.

9. 허왕후와 김수로왕의 죽음

후한 영제1 중평2 6년 기사(189년) 3월 1일에 허왕후가
죽었다. 나이는 157세였다. 온 나라 사람들은 땅이 꺼진 듯
이 슬퍼하여 구지봉 동북쪽 언덕에 장사하였다. 금관가야
사람들은 허왕후가 백성들을 자식처럼 사랑하던 은혜를 잊
지 않으려 하여 처음 배에서 내리던 도두촌을 주포촌이라
하고, 비단 바지를 벗은 높은 언덕을 능현이라 하고, 붉은
기가 들어온 바닷가를 기출변이라고 했다.

잉신 천부경 신보와 종정감 조광 등은 금관가야에 온 지
30년 만에 각각 두 딸을 낳았다. 그들 부부는 1, 2년을 지나
모두 죽었다. 그 밖의 노비 무리도 금관가야에 온 지 7, 8년
사이에 자식을 낳지 못하고, 오직 고향을 그리워하는 슬픔
을 품고 고향을 생각하다가 모두 죽었다. 그들이 거처하던
빈관은 텅 비고 아무도 없었다.

---

1 영제(靈帝): 후한(後漢)의 제12대 황제로 재위 기간은 168년~189년이다.
2 중평(中平): 후한 영제의 연호로 184년~188년에 사용하였다.

　허왕후가 죽자 김수로왕은 매양 외로운 베개를 의지하여 몹시 슬퍼하다가 10년을 지난 헌제3 입안4 4년 기묘(199년) 3월 23일에 죽었다. 나이는 158세였다. 나라 사람들은 마치 부모를 잃은 듯 슬퍼하여 허왕후가 죽던 때보다 더했다. 대궐 동북쪽 평지에 빈궁5을 세웠다. 높이가 한 길이면 둘레가 300보(步)인데 거기에 장사 지내고 이름을 수릉왕묘라고 했다. 그의 아들 거등왕으로부터 9대손인 구충왕6 까지 사당에 배향7하고, 해마다 정월 3일과 7일, 여름 5월 5일과 가을 8월 5일과 15일에 푸짐하고 깨끗한 제물을 차려 제사를 지내어 대대로 끊이지 않았다.

　기출변은 지금의 김해시 장유면의 동쪽 끝에 있는 조만포 나루터이고, 허왕후의 배가 도착했다는 주포는 부산시 강서구 미음동 와룡마을의 옛 나루터에 해당한다. 허왕후가 비단 바지를 벗어 산신령에게 바쳤다는 능현은 부산시

---

3 헌제(獻帝): 후한의 제14대 황제로 재위 기간은 190년~220년이다.
4 입안(立安): 고려 태조의 이름인 건(建)을 피휘한 것이다.
5 빈궁(殯宮): 상여가 나갈 때까지 왕세자나 왕세자비의 관(棺)을 두던 곳.
6 구충왕(仇衝王): 「가락국기」 뒷부분에는 '구형왕(仇衡王)'으로 표기하였다.
7 배향(配享): 종묘에 공신의 신주를 모심.

강서구 미음동과 김해시 장유면 응달리를 연결하는 태정고
개에 해당된다.

『신증동국여지승람』 권32, '김해도호부'조에 김수로왕릉
은 김해도호부 서쪽 3백 보 지점에 있으며 해마다 봄가을
에 김해도호부8의 부로9 들이 함께 모여서 제사를 지낸다
는 기록이 있다. 대가야의 시조 이진아시왕의 왕릉에 대한
기록은 역사서에서 찾아볼 수 없으나 금관가야 시조 김수
로왕의 왕릉에 대해 '김해도호부 서쪽 3백 보 지점'이라고
정확하게 위치를 기록하고 있다.

「가락국기」의 김수로왕과 허왕후에 대한 기록 가운데 믿
기 어려운 기록은 김수로왕이 158세에 사망했다는 기사와
허왕후가 157세에 사망했다는 기사이다. 『삼국지』「위서」
'오환선비동이전 왜인'조에 3세기쯤 일본열도에 살고 있던

---

8 김해도호부(金海都護府): 지금의 경상남도 김해시이다. 금관가야 구형왕 11년
   (532년) 신라가 금관가야(가락국, 금관국)를 병합한 후 이곳에 금관군(가야군)을
   설치했다. 남북조시대 신라 문무왕 20년(680년) 신라의 광역 행정구역인 9주 5
   소경의 하나인 금관소경(金官小京)으로 바뀌었다. 신라 경덕왕 16년(757년) 김해
   경(金海京)으로 개칭되었다. 고려 태조(太祖) 23년(940년) 김해부(金海府)로 강등
   된 후 임해현(臨海縣)으로 다시 강등되었다가 곧 임해군(臨海郡)으로 승격되었다.
   조선 태종(太宗) 13년(1413년) 김해도호부로 승격되어 조선 시대 동안 유지되었
   다. 고종(高宗) 32년(1895년) 지방 제도 개편으로 김해군(金海郡)이 되었다.
9 부로(父老): 동네에서 나이가 많은 남자 어른을 높여 이르는 말.

왜인들의 평균 수명을 80~100세로 기록하고 있다. 그러나 일본 규수 북부 지역을 비롯한 당시의 무덤에서 발굴한 인골의 평균 수명은 40~50세 정도에 지나지 않는다는 사실이 밝혀졌다. 왜인들은 1년을 2년으로 간주했던 것으로 보는 견해가 있다. 김수로왕과 비슷한 시기에 살았던 왜인들은 1년에 두 살을 먹었던 것으로 생각했다는 것이다.

거등왕(재위: 199년~253년)의 아버지는 김수로왕이고, 어머니는 허왕후이다. 왕비는 천부경 신보의 딸 모정으로 태자 마품을 낳았다. 거등왕은 아버지 김수로왕이 죽자 대궐 동북쪽 평지에 장사지냈다. 능의 이름을 수릉왕묘라고 하고, 성대하고도 깨끗한 음식을 차려서 매년 다섯 차례 제사를 지냈다.

10. 포상팔국의 난

포상팔국의 난에 대한 기사는 『삼국사기』 권2 「신라본기」2 '내해이사금 14년'조와 『삼국사기』 권48 「열전」8 '물계자'조, 그리고 『삼국유사』 권5 「피은」8 '물계자'조에 보인다.

『삼국사기』 권2 「신라본기」2 '내해이사금 14년'조의 기사에는 포상팔국이 침략한 나라가 가라(금관가야)로 되어 있다.

내해이사금 14년(209년) 14년 가을 7월에 포상팔국[1]이 가라를 침략하고자 꾀했다. 가라의 왕자가 신라에 와서 구원을 요청하였다. 내해이사금이 태자 우로와 이벌찬 이음[2]에게 명하여 6부

---

1 포상팔국(蒲上八國): 209년 낙동강 하류 및 지금의 경상남도 남해안 일대에 있던 8개의 소국.

2 이벌찬(伊伐湌) 이음(利音): 『삼국사기』 권2 「신라본기」2 '내해이사금 12년'조에는 '왕자(王子) 이음(利音)'이라고 하였고, 『삼국사기』 권48 「열전」8 '물계자전'에는 '왕손(王孫) 내음(奈音)'이라고 하였다. 그리고 『삼국유사』 권5 「피은」8 '물계자'조에는 '태자(太子) 내음(㮈音)'이라 하였다.

의 군사를 이끌고 가서 가라를 구원 주도록 하였다. 8국의 장군을 쳐 죽이고, 그들이 잡아갔던 가라인 6천 명을 빼앗아 돌려보내 주었다.

『삼국사기』 권48 「열전」 8 '물계자전'에는 포상팔국이 침략한 나라가 아라로 되어 있다.

물계자는 신라 내해이사금(재위: 196년~230년) 때 사람이었다. 집안이 대대로 미미하였으나, 사람됨이 기개가 있었으며 어릴 때부터 장한 뜻을 품고 있었다.

내해이사금 14년(209년) 포상팔국들이 공모하여 아라국을 침범하자, 아라국은 신라에 구원을 요청하였다. 내해이사금은 왕손 내음으로 하여금 이웃 고을의 군사들과 6부의 군사를 이끌고 가서 이를 구원하게 하였다. 이리하여 마침내 8국의 군사를 격퇴시켰다. 이 싸움에서 물계자는 큰 공(功)을 세웠으나 왕손에게 미움을 샀기 때문에 그의 컨공이 기록되지 않았다.

"그대 공이 제일 컸는데 기록되지 않았으니 원망하는가?"
누군가가 물계자에게 물었다.
"무슨 원망이 있겠는가?"
물계자가 대답했다.

"어찌하여 왕에게 아뢰지 않는가?"

또 누군가가 말했다.

"공을 자랑하고 이름을 구하는 일은 나라를 위해 몸을 바치려는 큰 뜻을 품은 사람의 할 일이 아니다. 다만 장차 뜻을 펴려고 기운을 내어 힘쓰며 뒷날을 기다릴 뿐이다."

물계자가 말했다.

3년 뒤 골포[3], 칠포[4], 고사포[5]의 세 나라 사람들이 신라의 갈화성[6]을 침입했다. 내해이사금이 군사를 거느리고 나가 구원해 세 나라의 군사를 크게 깨뜨렸다. 이때 물계자는 수십여 명을 잡아 죽였다. 전공을 논할 때 물계자는 공을 인정받지 못했다. 그러나 물계자는 누구를 원망하기보다는 자신의 충정을 다하지 못하였음을 부끄러워하였다.

"일찍이 들으니 '신하가 된 이의 도리는 나라가 위태롭게 된 것을 보면 목숨을 내놓고, 어려운 일을 당하면 자기 몸을 잊어야

---

3 골포(骨浦): 지금의 경상남도 창원시 마산합포구에 있던 전기 가야의 소국이다.
4 칠포(柒浦): 지금의 경상남도 함안군 칠원면에 있던 전기 가야의 소국이다.
5 고사포(古史浦): 지금의 경상남도 고성군 고성읍에 있던 전기 가야의 소국이다.
6 갈화성(竭火城): 지금의 울산광역시 울주군 범서면 굴화리 일대로 추정된다. 『삼국유사』를 편찬한 일연(一然, 1206년~1289년)은 이를 고려 시대의 울주(蔚州)인 굴불(屈弗)이 아닌가 하는 주(註)를 붙이고 있다.

한다'고 했소. 천일의 포상·갈화의 싸움은 위태롭고 어려운 일이었소. 그런데도 능히 목숨을 내놓고 몸을 버리는 것으로써 여러 사람들에게 알리지 못하였으니, 장차 무슨 면목으로 저자와 조정에 나가 사람들을 대하리오."

물계자가 아내에게 말했다.

물계자는 머리를 풀고 거문고를 메고 집을 나가 사체산7으로 들어가 다시는 세상에 나오지 않았다.

거등왕 10년(209년), 포상팔국이 금관가야를 치려고 모의하였다. 거등왕은 왕자를 신라로 보내 구원을 요청하였다. 신라의 내해이사금이 태자인 우로와 이벌찬 이음에게 명하여 6부의 군사들을 거느리고 가서 금관가야를 구원하게 하였다. 우로가 군사를 이끌고 황산하를 건너 금관가야로 갔다. 금관가야·신라 연합군은 포상팔국 연합군과 싸워 커다란 승리를 거두었다. 우로는 포상팔국 군사들에게 포로가 되었던 6천 명을 빼앗아 금관가야에 되돌려주었다.

거등왕 13년(212년) 포상팔국에 속하는 골포·칠포·고

---

7 사체산(師彘山): 그 위치를 알 수 없다.

사포의 세 소국이 신라의 갈화성을 침입했다. 신라 내해이사금은 친히 군사들을 이끌고 가 이를 물리쳤다. 금관가야의 거등왕은 그 보답으로 신라에 왕자를 보내 볼모로 삼게 하였다.

4세기 전반에 낙랑군과 대방군이 소멸하여 북방의 교역 중심이 사라지자, 금관가야는 해운 교역상의 비교 우위를 상실하였다. 금관가야가 흔들리자, 포상팔국 즉, 남해안의 8개국이 안라국을 배후로 하여 전기 가야 연맹의 맹주국인 금관가야를 침공하였다. 다급해진 금관가야는 신라에 사신을 파견해 내해이사금에게 구원을 요청하였다. 내해이사금은 우로로 하여금 군사를 이끌고 가 금관가야를 돕도록 했다. 이 전쟁으로 금관가야는 타격을 입었다. 결국 가야 연맹은 금관가야, 비자발국, 탁순국을 중심으로 한 동부 가야 지역과 안라국, 사물국, 고자국을 중심으로 한 서부 가야 지역으로 분열되었다. 금관가야는 가야 연맹 맹주국의 지위가 크게 흔들렸다. 『삼국사기』 권48 「열전」8 '물계자'조와 『삼국유사』 권5 「피은」8 '물계자'조에 등장하는 포상팔국은 골포국, 칠포국, 보라국, 고자국, 사물국 등 다섯 나라이다. 포상팔국의 난의 성격과 난이 일어난 시기에 대해 학자들 사이에 여러 가지 견해가 있다. ①『삼국사기』 기록 그대로 3세기 초 해상교역권을 둘러싸고 가야 소국들과 금관가야 사이에 발생한 대립이 빚어낸 사건으로 보는 견해, ② 3세기 말~4세기 초, 해안의 가야 소국들이 교역권 쟁탈과 농경지 확보를 위해 내륙으로 진출하려는 과정에서 일어난 사건으로 보는 견해, ③ 6세기 후반 이후 신라에 의해 멸망한 가야 소국 중 서남부 지역 가야 소국 세력의 반격으로 보는 견해, ④ 포상팔국에게 공격을 당한 나라가 금관가야가 아닌 안라국(아라가야)이라는 견해, ⑤ 포상팔국의 난은 1세기에서 2세기 중엽까지 사천의 늑도를 중심으로 진행되었던 동아시아 교역이 2세기 후엽에서 3세기 초를 경계로 금관가야로 옮겨짐에 따라 일어난 전쟁이라는 견해 등이 있다. 남해안 일대에 있었던 8개의 가야 소국이 금관가야를 공격했던 1차 전쟁과 바닷길을 이용해 신라를 공격했던 2차 전쟁을 합하여 '포상팔국의 난', 혹은 '포상팔국 전쟁'이라고 부르는데, 해상교역권을 둘러싼 해상교역권 쟁탈 전쟁이었다. 포상팔국 가운데 사물국은 경상남도 사천시 사천읍 등으로 비정하고, 보라국은 '발라'라고도 했는데, 일연은 『삼국유사』에서 지금의 전라남도 나주시로 보았으나, 어디인지는 명확히 알 수 없다.

11. 백제 · 금관가야 · 왜 연합군과
신라 · 고구려 연합군의 전쟁

3세기에서 4세기 전반기는 한반도 동남부의 금관가야 (임나가라)가 크게 성장하는 시기이다. 대성동 고분군은 3~5세기 후반 금관가야에 의해 조성된 고분군이다. 이 시기에 등장한 무덤이 덧널무덤이다. 구덩이를 파고 널을 넣는 덧널 시설을 나무로 만든 무덤이다. 덧널무덤은 대형일 경우 껴묻거리 넣는 딸린덧널이 설치되기도 한다. 3세기 후반부터 5세기 초반에 걸쳐 만들어진 덧널무덤의 경우 딸린덧널이 없는 것들은 길이가 3~5미터가량이나 된다. 그리고 딸린덧널이 있는 큰 무덤들은 한 변의 길이가 6~7미터가량이나 되고, 깊이가 3미터에 달하는 것까지 있다. 이 무덤들이 금관가야 전성기의 왕과 왕족들의 무덤이라는 것을 추정할 수 있다. 대성동고분군 발굴 이후 3세기 후반 이후 새로운 집단이 이주해 금관가야를 건국했다는 학설이 제기되어 주목을 끌기도 했으나 삼한 시기의 구야국이 금관가야로 발전하였을 것으로 보는 학설이

차츰 자리 잡아 가고 있다.

3세기 후반에 조성된 것으로 추정되는 대성동고분군 29호분은 대형 덧널무덤으로 묘광의 길이가 9미터 60센티미터, 너비 560센티미터, 잔존 깊이 1미터 30센티미터이고, 목곽의 길이가 6.4미터, 너비가 3.2미터, 높이가 40센티미터이나 되는 왕묘이다. 도질토기와 100개 이상의 판상철부, 동복[1], 그리고 금동관 편[2]이 출토되었고, 2인 이상이 순장된 것으로 추정된다. 4세기 전엽에 조성된 왕묘급 무덤으로 위세품인 바람개비 모양 청동기[3] 13점이 출토된 대성동 88호분에서는 순장자의 유골 3구와 함께 머리 장식, 구슬이, 사슴뿔, 손잡이칼, 화살촉이 발견되었다. 4세기에 조성된 덧널무덤인 대성동 91호분에서는 4~5세기 만주 랴오서 지역에 전연(前燕, 337년~370년)과 후연(後燕, 384년~407년), 그리고 북연(北燕, 407년~436년)의 삼연[4] 왕조를 세웠던 모용선비족[5]의 마구[6]

---

1 동복(銅鍑): 유목민이 유제품을 끓이거나 의례를 거행할 때 사용한 청동솥이며 만주 일원에서 만들어진 것으로 보인다. 청동솥.

2 금동관 편(金銅冠片): 금동관 조각.

3 바람개비 모양 청동기: 파형동기(巴形銅器).

4 삼연(三燕): 4~5세기 중국 동북지방 랴오닝((遼寧)지역과 화베이(華北)지역에 걸쳐 등장한 연나라 정권들을 통칭하는 말.

5 모용선비족(慕容鮮卑族): 남만주와 네이멍구(內蒙古), 다싱안링산맥(大興安嶺山

와 말방울, 동분7, 동완8 등이 출토되었고, 5인의 순장 인골이 발견되었다. 4세기 후엽~5세기 초에 조성된 것으로 추정되는 왕묘급 무덤인 대성동 1호분에는 널무덤 안에서 금장안교9, 등자10, 가야에서 가장 오래된 양식의 말머리가리개11 등 다양한 마구류, 토기류, 철제농공구, 철제무기와 함께 5인을 순장한 것으로 추정된다. 특히 대성동 고분에서 출토된 말갖춤새와 갑주 등은 금관가야에서 늦어도 4세기 중엽에 금관가야의 지배자 집단에게는 이미 기마 습속이 보편화되어 있었다는 것을 말해주는 것이다. 이것은 436년 북연이 멸망하는 시점까지 금관가야가 만주 랴오서 지역의 모용선비가 세운 전연·후연·북연의 삼연과 교류를 통해 중국 선진 문물을 받아들여 국력을 키우고 한반도 남부의 여러 나라와 왜에 선진 문물을 전파하는 등 교역을 했다는 것을 시사하고 있다.

脈) 지역에 분포했던 몽골계(동호) 민족.

6 마구(馬具): 말을 타거나 부리는 데 쓰는 기구.

7 동분(銅盆): 청동 대야.

8 동완(銅盌): 청동으로 만든 바닥 둥근 그릇. 청동합(靑銅盒).

9 금장안교(金裝鞍橋): 금으로 장식한 안장틀.

10 등자(鐙子): 발걸이. 발을 걸어 말에 타는 도구.

11 말머리가리개: 마주(馬冑). 말머리에 착장시키는 마구(馬具)의 하나.

이때부터 사회계급이 명백히 구분되는 계층사회라는 것을 보여 주는 초기국가의 특징을 금관가야가 보여 주고 있다. 금관가야의 지배자 계급에서는 전통적인 덧널무덤을 계속해서 사용하고 있었고 그 반면에 그 아래 계급에서는 주검을 위에서 수직으로 넣도록, 옆으로 트인 창이나 입구 없이 돌로 네 벽을 짠 무덤인 구덩식 돌덧널무덤을 사용하기 시작했다. 가야 여러 나라 중에서 가장 먼저 초기국가의 단계에 진입한 금관가야가 2, 3세기경 전기 가야 연맹을 형성하고 그 중심 세력으로 떠오르게 된 것은 이곳으로 낙동강이 흘러가고 있고, 바다를 끼고 있어 바다와 강물을 이용한 해상 교통이 편리해 낙랑군 등 한나라 군현이나 왜 등과 중계무역을 함으로써 금관가야가 경제적으로 크게 번영하였기 때문이다. 게다가 금관가야가 있던 김해와 그 부근 창원 지방과 양산 지방에는 철이 많이 생산되었다. 금관가야는 철제 도구를 사용함으로써 산업 생산력을 높이고 철제무기를 개발함으로써 군사력을 키울 수 있었다.

대성동 고분군 출토 유물은 4세기 단계에 김해 지역에 존재했던 세력이 강력한 정치 집단이라는 것을 입증해주는 것이다. 대성동 고분군에서 조사된 목곽묘에서 기승용 갑주를 비롯한 철제갑주, 마구류, 각종 철제무기류가 보편적

으로 출토되고 있다는 것은 금관가야가 이 시기부터 대규
모의 정복 전쟁을 수행하는 것이 가능하였다는 것을 시사
한다.

3세기에서 4세기 전반기에 김해 해반천변의 대성동 집
단이 유력한 집단으로 등장하면서 금관가야는 부산의 독로
국과 연맹을 맺어 서서히 영역을 넓혀갔다. 이 무렵 김해
세력이 가야의 중심 세력이었으며, 그 정치체의 이름을 두
고 학계는 임나가라로 부르기도 하고 금관가야로 부르기도
한다.

포상팔국의 침공으로 흔들렸던 금관가야는 4세기 중엽
에 재기의 기틀을 마련했다. 낙랑군과 대방군을 대신하여
중국 남조12의 선진 문물을 독점적으로 수입해 세력을 넓
혀가고 있던 백제의 근초고왕(재위: 346년~375년)이 중국
남조의 선진 문물을 가야 소국에게 공급하여 주면서 탁순
국13을 통하여 왜로 연결되는 교역로를 개척하자, 금관가야

---

12 남조(南朝): 중국 남북조 시대의 송(宋)·제(齊)·양(梁)·진(陳)의 네 나라를 통
   틀어 이르는 말.
13 탁순국(卓淳國): 『일본서기』「신공기」와 「흠명기」에만 나오는 가야 소국이다.
   그 위치에 대하여서는 지금의 대구광역시로 비정하는 견해와 경상남도 창원시
   로 비정하는 견해, 그리고 경상남도 의령군으로 비정하는 견해가 있다.

는 이 교역권에 가담했다.

고구려의 도움을 얻어 전진[14]으로부터 선진 문물을 받아들일 수 있게 된 신라는 남해안 일대로 진출하여 백제·금관가야·왜 사이에서 전개되는 교역 체계에 개입하려고 했다. 백제·금관가야·왜는 남해안 일대의 교역 체계에 신라가 개입하는 것을 구경만 하고 있을 수 없었다. 금관가야를 중심으로 한 가야 소국들과 왜가 신라에 대해 직접적인 대응에 나서게 되었다. 4세기 중반을 전후하여 왜가 신라의 동남 해안이나 왕도인 금성에까지 자주 침입했던 기록이 『삼국사기』에 산견된다.

이시품왕(재위: 346년~407년)의 아버지는 거질미왕(재위: 291년~346년)이고, 어머니는 아간 벼슬을 지낸 아궁의 손녀인 아지이다. 이시품왕의 왕비는 사농경 극충의 딸인 정신으로, 좌지왕을 낳았다.

4세기 후반 이시품왕 때 금관가야는 최대 영역을 확보했다. 금관가야의 영역을 추정할 수 있는 고고학적 물질 자료가 노형기대[15]·외절구연고배[16]·격자타날호[17] 같은 금관

---

14 전진(前秦, 351년~394년)은 중국 오호 십육국 시대 때 티베트계 저족(氐族)의 추장 부건이 건국한 나라이다.

가야 양식 토기이다.

특히 김해 대성동 고분군과 부산 복천동 고분군에서는 외절구연고배, 통형동기18 등이 출토돼, 같은 문화권을 형성했음을 보여 주고 있다. 4세기 후반 초에 처음으로 등장한 외절구연고배는 4세기 말경이 되면 동쪽으로 부산시 기장군 철마면 고촌리 고분군, 서쪽으로 창원시 진해구 성내동 웅천패총, 창원시 성산구 가음정동 고분군, 창원시 의창구 도계동 고분에까지 분포한다. 통형동기는 한쪽은 막혀 있고, 반대쪽의 뚫려있는 구멍 끝에 나무 자루를 꽂고, 안에는 옥·청동·철로 만든 구슬을 넣어 흔들면 소리가 나게 되어 있다. 이 통형동기는 김해시 대성동 고분군, 김해시 주촌면 양동리 고분군, 김해시 주촌면 망덕리 고분군, 그리고 부산시 동래구 복천동 고분군에까지 분포한다. 금관가야가 최대 영역을 나타내는 시기는 4세기 후반이고,

---

15 노형기대(爐形器臺): 화로 모양 그릇 받침.
16 외절구연고배(外折口緣高杯): 아가리가 밖으로 꺾인 굽다리 접시.
17 격자타날호(格子打捺壺): 바둑판처럼 가로세로를 일정한 간격으로 직각이 되게 짠 형식의 두들긴 무늬 단지. 격자 두들긴 무늬 단지.
18 통형동기(筒形銅器): 아래위로 긴 구멍이 있는 원통형 모양의 청동의기(靑銅儀器)이다.

이 외절구연고배와 통형동기의 분포 범위가 금관가야의 최대 영역을 나타낸다.

아신왕 7년(398년) 봄 2월, 백제의 아신왕(재위: 392년~405년)은 진무 장군을 병관좌평[19]으로 승진시키고, 사두를 좌장으로 임명하는 등 전열을 가다듬었다. 봄 3월에 아신왕이 고구려와의 약속을 저버리고 쌍현성[20]을 쌓았다. 가을 8월에 아신왕이 장차 고구려를 치려고 군사를 출동시켜 한산 북쪽의 목책에 이르렀다. 그날 밤 큰 별이 군영 가운뎃소리를 내지르며 떨어졌다. 아신왕이 매우 언짢게 여겨 고구려를 침공할 계획을 중지했다.

이시품왕 54년(400년) 백제 · 금관가야 · 왜 연합군이 신라를 공격했다. 이시품왕이 이끄는 금관가야 군사들과 왜의 군사들이 신라의 왕도인 금성을 포위하고, 백제 군사들은 신라 북쪽 변경을 점령하였다. 사태가 위급하게 되자, 신라의 내물마립간(재위: 356년~402년)은 고구려에 사신을 보내, 구원을 요청했다.

---

19 병관좌평(兵官佐平): 백제의 6좌평 중의 하나로서 제1품이다. 병권(兵權)을 장악하였기 때문에 정치적 군사적 비중이 큰 관직이었다.

20 쌍현성(雙峴城): 경기도 장단군의 망해산(望海山)의 쌍령(雙嶺)으로 비정하는 견해가 있다.

광개토왕(재위: 391년~412년)은 사태가 심각하다는 것을 깨달았다. 만약 신라가 임나가라(금관가야)·백제·왜 연합군에게 점령된다면, 그다음 차례는 고구려가 될 것은 불을 보듯 뻔한 일이었다.

광개토왕은 영원히 노예가 되겠다고 약속하고는 또 군사를 출동시킨 아신왕의 이러한 행동에 매우 화가 났다. 신하들이 백제를 쳐 아신왕의 목을 베어야 한다고 아뢰었다. 그러나 광개토대왕은 백제를 먼저 칠 게 아니라, 금관가야와 신라가 인접해있으니 먼저 금관가야와 왜 연합군을 쳐야겠다고 생각했다.

백제·금관가야·왜 연합군과 신라·고구려 연합군의 전쟁에 관한 기록은 「광개토왕릉비문」 '영락 10년'조에 기록되어 있다.

영락 9년 기해(399년)에, 백잔(백제)이 맹세를 어기고 왜와 화통하였다. 이에 왕이 평양으로 순행하여 내려갔다. 신라가 사신을 보내 왕께 아뢰기를, "왜인이 우리(신라) 국경 내에 가득 차서 성을 무너뜨리고 못을 부수며 노객(내물마립간)을 왜의 민(民)으로 삼으려 하고 있사오니 왕께 귀의해 구원을 청합니다."라 하였다. 태왕이 은혜롭고 자애롭게 그 충성을 칭찬하고, 특별히 사신을 돌려보내어 비밀스러운 계책을 일러주었다.

영락 10년 경자(400년)에 보병과 기병 5만 명을 파견하여 신라를 구원하게 하였다. 남거성에서 신라성에 이르기까지 왜병이 그 안에 가득했다. 관군(고구려군)이 도착하여 사방에서 공격하자 왜적은 퇴각했다. 관군은 배후로부터 급히 추격하여 임나가라의 종발성에 이르렀다. 성이 곧 귀순하여 복종하였다. 이에 신라인을 안치시키고 지키게 하였다.

신라의 왕도인 금성을 포위한 금관가야와 왜 연합군은 금성 주위의 신라의 성을 무너뜨렸다. 신라의 성은 쑥대밭이 되었다. 신라의 성은 금관가야 군사들과 왜의 군사들로 가득 찼다. 광개토왕은 보병21과 기병22으로 이루어진 5만 명의 군사를 이끌고 신라를 향해 출발했다. 광개토왕의 남정23이 시작된 것이었다.

광개토왕이 5만 명의 군사를 이끌고 내려오고 있다는 소식이 금관가야 왕성인 봉황성에 전해졌다.

---

21 보병(步兵): 활과 창을 들고 도보로 전투하는 군사.
22 기병(騎兵): 말을 타고 전투하는 군사.
23 남정(南征): 무력으로 남쪽 지방을 침. 남벌(南伐).

이시품왕이 이끄는 금관가야 군사들과 광개토대왕이 이
끄는 고구려 군사들이 맞붙었다. 금관가야 군사들은 잘 싸
웠으나, 고구려군에 비해 군사들의 숫자가 적었다. 고구려
군사들과 맞붙은 금관가야 군사들과 왜의 군사들은 수적으
로도 열세였다. 고구려 군사들에게 밀린 금관가야 군사들
과 왜의 군사들은 종발성[24]까지 후퇴했다. 금관가야는 김수
로왕이 나라를 세운 이래 최대의 위기에 봉착했다.

금관가야 군사들이 바다를 건너온 왜의 군사들과 연합하
여 고구려·신라 연합군과 맞서 싸웠다는 것은 결코 낮게
평가할 수 없는 일이었다. 전쟁에서 진 금관가야는 비록 땅
덩어리와 인구로 볼 때 큰 나라는 아니었으나, 상당한 정도
의 경제력과 군사력을 갖추고 있었음을 알 수 있다.

금관가야·왜 연합군의 공격으로부터 신라를 구원해낸
고구려는 신라의 정치에 간섭하기 시작했다. 고구려는 금
관가야·왜 연합군으로부터 신라를 지킨다는 구실로 신라
영토 안에 군사를 주둔시켰다.

「광개토왕릉비문」의 기록은 마멸되어 판독되지 않은 글

---

24 종발성(從拔城): 지금의 경상남도 김해시 봉황토성으로 비정하는 견해가 있다.

자가 많아 온전한 내용을 알 수 없다. 대략 전체적인 맥락을 짚어 내용을 짐작해보면, 금관가야·왜 연합군의 침공으로 금성이 함락될 위기에 처하자, 신라를 구원하기 위해 5만 명의 기병과 보병으로 이루어진 고구려군이 임나가라(금관가야) 종발성까지 진격하여 승리를 거두었다는 내용이다. 이러한 사실은 우리나라 역사서인 『삼국사기』와 『삼국유사』는 물론 중국 역사서와 일본 역사서에도 기록되어 있지 않고 유일하게 「광개토왕릉비문」에만 보인다.

「광개토왕비문」은 판독되는 글자를 둘러싸고 견해차가 크다. 첫째 임나가라가 어느 나라인가 하는 문제이다.

임나가라가 지금의 경상남도 김해시 일원에 있던 금관가야로 보는 견해가 있다. 그리고 임나가라가 지금의 경상북도 고령군에 있었던 대가야로 보는 견해도 있다. 문헌 자료와 금석문 자료뿐만 아니라 고고학 자료도 임나가라가 김해임을 말해주고 있다. '임나가라의 종발성(從拔城)'을 봉황토성의 발굴 성과와 김해의 옛 지명인 '분성(盆城)'의 '분(盆)'을 '종발'로 읽어 김해시 봉황동 봉황토성을 광개토왕비문에 등장하는 '임나가라의 종발성'으로 보는 견해도 발표되었다. 4세기~5세기 초의 고분 출토 유물로 볼 때 금관가야 유적인 대성동고분 출토 유물이 대가야 유적인 지산동 고분 출토 유물보다 질적으로나 양적으로나 월등히 우세하여 고고학적으로 볼 때 임나가라는 금관가야라고 보는 게 타당하다.

임나가라가 금관가야라고 주장하는 학자의 다음 견해는 주목할 만하다. 「광개토왕비」의 영락 10년(400년) 조에 보이는 '임나가라'의 표기는 당시 김해의 가라(구야국)가 가야를 대표하는 중심국임을 시사해준다. 400년 고구려군의 임나가라 침공에 대응해 '안라인수병(安羅人戌兵)'이 군사적으로 응전하는 사실은, 당시 김해의 가라와 함안의 안라가 동맹관계에 있었음을 보여준다. 그러면서도 가라에게는 '주국25'을 의미하는 임나라는 명칭을 붙여 당시 김해의 가라가 가야의 중심국이었음을 드러낸 것이다. 3세기까지는 구야국과 안야국이 모두 변진의 대국으로 병기되었다면, 4세기 후반에 들어와 임나가라와 안라로 국명 표기에 차별이 생긴 것이다. 이것은 구야국이 4세기에 들어와 가야의 중심국으로 성장했음을 전하는 것이다.

요약하면 이 견해는 「광개토왕릉비문」에 등장하는 임나

---

25 주국(主國): 종주국.

가라가 금관가야이며, "김해의 가라가 가야의 '주국'을 의미하는 임나라는 명칭을 붙여 당시 김해의 가라가 가야의 중심국이었음을 드러낸 것이다"라고 말하고 있다.

임나가라를 대가야로 비정하는 학자는 다음과 같은 논지를 전개한다. ① 포상팔국전쟁의 결과를 참고하면 4세기 말~5세기 초에 금관가야가 신라에 적대적이었을 가능성이 적고, 광개토왕릉비문에 나오는 임나가라는 신라의 적대 세력이다. ② 가야 여러 나라 중 최고의 유력국이었던 임나가라는 고구려의 침입에 곧바로 항복하였다. ③ 5세기 초의 동래와 김해의 고분에서 고구려계의 문물이 등장한다. ④ 창원 봉림사의 진경대사탑비에 등장하는 임나는 김해를 가리키지만 임나가라는 아니다. ⑤ 중원경26출신인 강수는 대가야의 후예임이 분명하므로 임나가량은 임나가라이다. ⑥ 대가야의 가실왕은 『신찬성씨록』에 임나국가라가실왕으로 표기되기도 하므로 임나국가라는 임나가라이다. ⑦ 554년 백제와 함께 신라의 관산성을 공격한 가량은 고령의 대가야로 보는 것이 타당하다. ⑧ 『송서』·『남제서』27의 왜국전에는 임나가

---

26 중원경(中原京): 지금의 충청북도 충주시.
27 남제서(南齊書): 중국 남조 제나라의 역사를 기록한 책. 양(梁)의 소자현(蕭子

라가 임나와 가라의 2개 국명으로 보이지만 이는 왜왕의 칭
호에서 숫자를 늘리기 위한 의도이다.

임나가라를 금관가야로 비정하는 학자는 이 견해를 다
음과 같이 조목조목 비판한다. ① 포상팔국전쟁이 있었던
3세기 초와 광개토왕 남정이 있었던 400년과는 시기 차
의 폭이 크다. ② 400년 무렵 금관가야가 가야 세력 중에
서는 강국이었음은 인정되지만, 보병과 기병 5만 명으로
이루어진 고구려군과 적수가 되지 못하였을 것이다. ③ 복
천동 고분군 등지에서 4세기 대 고구려 혹은 북방계 유물
이 출토됨으로써, 그렇게 주장하는 견해는 이미 철회되었
다. ④ 임나는 김해이지만 임나가라는 김해가 아니라고 하
였는데 임나가라가 고령이라는 논거로는 부족하다. ⑤ 우
륵이 대가야인의 후예라고 해서 강수가 대가야인의 후예
일 것이라는 점은 가능성 정도이다. ⑥『신찬성씨록』28의
기록은 가실왕이 임나국 중 하나인 가라국의 왕임을 보여
주는 기록이다. ⑦ 가량(=가라)은 금관가야와 대가야 모두

顯)이 썼다. 현행본은 기(紀) 8권, 지(志) 11권, 열전(列傳) 40권으로 되어 있
   다. 소실된 부분이 있다.
28 신찬성씨록(新撰姓氏錄): 일본 헤이안 시대 초에 편찬된 씨족의 계보. 사가 왕
   의 명으로 당시 헤이안쿄와 인근의 1,182개 씨족을 분류하여 정리한 책이다.

가 사용했다. ⑧ 임나가라의 위치 비정과는 상관이 없다.

이어 임나가라를 금관가야로 비정하는 학자는 광개토왕릉 비문 상에 '임나가라 종발성'으로 나오기 때문에 임나와 가라를 분리해서 보는 것은 무리라고 주장하면서 다음과 같이 결론을 내렸다. 「봉림사진경대사보월릉공탑비문」의 주인공인 심희가 신김씨로서 그 선조가 임나 왕족이고 먼 조상이 흥무대왕인 김유신을 추봉하는 이름이라는 기록 등으로 보아 비문상의 '임나가라'는 김해 가라국으로 봄이 옳다고 생각한다. 『삼국사기』 강수열전도 이를 뒷받침해 주는 기록이다. 임나가라=금관가야설은 학계의 통설로 자리매김하고 있다.

둘째, 안라인수병[29]의 해석 문제이다. 안라국(아라가야)과 관련이 있다고 보아 '안라인수병'을 안라의 수비병이라고 해석하는 견해와 고구려가 평정한 임나가라의 성에 라인(羅人), 즉 순라병을 두어 지키게 했다고 해석하는 견해가 있다.

---

29 안라인수병(安羅人戌兵): 통상 '안라인수병'은 왜군이 패하여 쫓겨오자 안라인 수병들이 출동하여 고구려군에 대항했다는 것으로 파악해왔다. 일본 학자 스에 마쯔야스카즈(末松保和)는 안라인수병을 왜군의 별동대로 보고 고구려군에 반 격하여 신라의 왕도 금성을 탈환한 것이라고 했다. 중국 학자 왕건군(王健群) 은 '안라인수병(安羅人戌兵)'에서 '안(安)'을 동사로 보고 '신라인 수병을 안치했 다'라고 해석했다.

　400년 광개토왕의 남정은 한반도 남부의 형세를 일거에 뒤집어놓았다. 금관가야에 시달려오던 신라는 비록 고구려의 부용국30이 되었지만 금관가야를 제압하는 기회를 잡게 되었다. 광개토왕의 남정으로 인하여, 고구려의 군사력을 앞세운 신라는 금관가야보다 앞설 수 있게 되었으며, 백제는 가야 지역을 중개 기지로 하는 대외 교역망을 잃어버리게 되었다.

　광개토왕의 남정으로 신라는 고구려군의 도움으로 낙동강 중하류 주변 세력을 신라의 세력권 안으로 끌고 가 대국으로의 길을 걸어가게 되었다. 반면에 성산가야, 비화가야, 미리미동국, 독로국 등 낙동강 주변 가야 소국들을 잃게 된 금관가야는 타격을 입고 전기 가야 연맹의 중심 세력으로서 가야 소국들과 결속 관계에 틈이 벌어지게 되었고, 해상 운송의 이익을 상실하게 하는 등 국력이 위축되었다. 그렇다고 하여 광개토왕의 남정이 금관가야의 국력에 결정적인 타격을 입힌 것은 아니었다. 대성동 고분의 73호분의 발굴 결과 왕묘급 대형고분이 5세기 후반에도 조성되고 있었고,

---

30 부용국(附庸國): 종주국(宗主國)에 속하여 그 지배를 받는 약소국가.

직경 약 11.2미터~12.8미터, 높이 약 3.3~4.5미터의 원지
리 고분군 3호분의 발굴에서 밝혀졌듯이 6세기에 왕묘급
고층고분이 조성되었다는 사실이 밝혀져 금관가야 세력 약
화의 원인은 경자년(400년) 광개토대왕의 남정 결과에만 있
는 것이 아니라고 추정할 수 있다. 금관가야가 교역에서 결
정적 타격을 입게 된 것은 436년 북연의 멸망으로 말미암
아 대중국 교류의 거점을 상실한 것이 결정적 원인으로 작
용하였던 것이다. 광개토대왕의 남정에 이어 북연의 멸망
으로 말미암아 대중국 교류의 거점 상실로 금관가야가 주
도하던 전기 가야 연맹은 해체의 길로 들어서게 된 것이다.

12. 금관가야의 재도약 시도

반파국이 스스로 대가야로 칭할 때 금관가야는 남가라라고 불렸다. 광개토왕의 남정으로 금관가야가 일시에 멸망하거나, 거의 멸망한 상태에서 겨우 명맥만 유지했던 것이 아니라는 견해가 있다. 이에 대해 "금관가야는 6세기 초에 이르기까지 엄연히 가야 여러 세력 가운데 하나로서 줄곧 존속하였다."는 견해가 설득력을 얻고 있다. 게다가 그리 약체의 상태는 아니었던 것 같고, 비록 연맹체의 주도권은 상실했더라도 국가 기반의 상당 부분은 온존하고 있었다는 것이다.

광개토왕의 남정과 북연과의 교류 중단으로 금관가야가 사실상 멸망한 것이 아니라는 것은 『삼국사기』·『삼국유사』 그리고 『일본서기』에 금관가야가 6세기 초까지 건재했다는 기록이 증명한다. 대성동 고분의 추가 발굴과 원지리 고분의 발굴 및 조사를 통해 금관가야는 5세기 2/4분기의 전반까지 왕묘급 묘지를 조성하는 등 묘제와 토기의 양식에서 금관가야 양식을 유지하였고, 중국과는 436년 북연이 멸망할 때까지 교류를 지속하였으며, 왜와도 교류를 계속하였다는 것이 드러났다.

　광개토왕의 남정과 북연과의 교류 중단 이후 상당한 기간 동안 새롭게 부상한 북쪽의 가라 즉 대가야와 남쪽의 가라 즉 금관가야가 병존1했던 상황이었다는 것을 말해주고 있는 것이다. 광개토대왕의 남정으로 금관가야가 북연과의 교류 중단으로 타격을 입은 것은 사실이나 금관가야 지배층이 교체되었거나 국가가 멸망할 정도로 지배층이 다른 곳으로 이탈해갔다는 고고자료·문헌·금석문의 증거는 발견할 수 없다.

　낙동강 동안 세력을 잃게 된 김해와 창원 일대의 금관가야 세력을 중심으로 한 가야 소국들은 결속 관계에 타격을 입었다. 금관가야가 주도하던 전기 가야 연맹은 해체의 길로 들어서게 되었다.

　넓은 의미에서 임나란 대체로 낙동강 유역에 자리 잡고 있던 가야 지역을 가리키는 말이었고, 좁은 의미에서는 금관가야를 가리키는 말이었다. 우리나라 역사서나 금석문에는 임나란 말이 매우 드물게 나타난다. 『삼국사기』「열전」

---

1 병존(竝存): 둘 이상이 함께 존재함.

'강수'조에 "강수는 신라 중원경 사량 사람으로 그 아버지는 석체내마였다 … 임금이 이름을 물으니 신은 원래 임나가량 사람으로 이름은 자두입니다."라고 기술되어 있다. 그리고 우리나라 기록으로는 신라 경명왕 8년(924년) 건립된 탑비의 비문인 「봉림사 진경대사 보월능공탑비문」에 다음과 같은 기록이 보인다.

대사의 이름은 심희이며 속세의 성은 신김씨2이다. 그 조상은 임나의 왕족으로, 거친 풀밭에서 성스러운 가지가 빼어났다. 매번 이웃 나라 군대의 침공을 받아 괴로워하다가 우리나라에 귀의하였다. 먼 조상인 흥무대왕3은 오산4의 정기를 받고 첩수5의 정기를 타고났다. 문신의 부절6을 쥐고 재상의 집안에 태어나 무신의 지략을 가지고 왕실을 높이 떠받들었다.

2 신김씨(新金氏): 황룡사구층탑칠주본기와 황복사비에서 그 존재가 확인되는 성씨로, 신라에서 금관가야 왕족의 후예(김해김씨)들을 신라 왕족의 김씨(경주 김씨)와 구별하여 부른 말.
3 흥무대왕(興武大王): 김유신(595년~673년)을 가리킨다. 흥덕왕(재위: 826년~836년) 때에 흥무대왕으로 추봉되었다.
4 오산(鼇山): 큰 자라의 등에 얹혀 있다는 바다 가운데의 산으로, 동해에 있는 삼신산(三神山)을 가리킨다.
5 접수(鰈水): 가자미[鰈]가 나는 바다라는 뜻으로, 동쪽 바다를 가리킨다.
6 부절(符節): 예전에, 돌이나 대나무 따위로 만들어 신표로 삼던 물건.

"대사의 이름은 심희이고 속성은 신김씨이다. 그 조상은 임나 왕족으로 … 먼 조상은 흥무대왕이다."라고 기록되어 있다. 임나가라가 금관가야임을 밝혀주고 있는 것이다. 봉림사는 경상남도 창원시 봉림동에 있던 사찰로, 통일신라시대 선종 9산 선문 봉림산파의 중심 사찰이었고, 진경대사는 통일신라시대의 고승 심희의 법명이다.

『삼국유사』「가락국기」조에 김수로왕이 대가락, 즉 대가야의 왕으로 되어 있다. 5세기 이전의 대가야는 김해 중심의 가락국(금관가야)이었고, 5세기 후반의 대가야는 고령 중심 반파국(대가야)이었다. 그리고 5~6세기 무렵 고령의 반파국이 자기 나라를 대가야라고 칭한 것은 '대가야'가 고유명사가 아니라, 가야 여러 나라의 수장국7을 지칭하는 일반명사였다고 보는 견해도 있다. 반파국이 대가야를 칭할 때 금관가야는 남가라라고 불렸는데, 금관가야가 멸망하거나 거의 멸망한 상태에서 겨우 명맥만 유지했던 것이 아니라 상당한 세력을 유지하고 있었다는 것을 말해준다. 다시 말해 광개토대왕의 남정으로 금관가야가 타격을 입은 것은

---

7 수장국(首長國): 윗자리에 위치해 소국들을 지배하고 통솔하는 나라.

사실이나 새롭게 부상한 북쪽의 가라 즉 북가라(상가라, 대가야)와 남쪽의 가라, 즉 남가라(하가라, 금관가야)가 병존한 상황이었다는 것을 말해주는 것이다.

좌지왕 원년(407년) 좌지왕이 왕위에 올랐다. 용녀8와 결혼한 후, 그 여당9들을 관리로 등용하여 나라가 어지러워졌다. 신라가 책략을 써서 금관가야를 정벌하고자 했다.

"유초10는 보고 또 보아도 또한 털이 나는 법인데 하물며 사람에게 있어서 어떻겠습니까? 하늘이 무너지고 땅이 꺼지면 사람이 그 어느 곳인들 보전할 수 있겠습니까? 또 복사11가 점을 쳐서 해괘12를 얻었는데, 그 괘사13에 '소인들을 물리치면 군자인 벗들이 와서 도울 것이다"라고 하였습니다. 임금님께서는 역괘14의 내용을 살펴보십시오."

신하인 박원도가 말했다.

----

8 용녀(傭女): 품을 팔아 살아가는 여자라는 뜻이다.

9 여당(女黨): 여자의 친척.

10 유초(遺草): 죽은 사람이 살아있을 때 쓴 글. 유고.

11 복사(卜士): 점쟁이.

12 해괘(解卦): 점괘. 64괘의 하나. 진괘(震卦)와 감괘(坎卦)가 거듭된 것. 우레와 비를 상징함.

13 괘사(卦辭): 점괘를 알기 쉽게 풀어 놓은 글.

14 역괘(易卦): 『주역(周易)』의 괘(卦).

"그대 말이 옳다."

좌지왕이 말했다.

좌지왕은 용녀를 내쳐 하산도로 귀양 보냈다. 그 후 그는 대아간 도령의 딸 복수를 왕비로 맞았다. 복수부인과 사이에서 취희왕을 낳았다.

『삼국유사』 권2 「기이」2 '가락국기'조에는 좌지왕대에 일어난 외척과 관련된 갈등이 기록되어 있다. 『주역』15을 논거로 들면서 소인인 용녀의 무리들을 처단하면 군자인 벗들16이 도울 것이라고 하였고, 유초에 털이 난다는 것은 아마 글이 씌어져 있는 한지가 시간이 지나면서 부풀어 오르는 것을 표현한 것이 아닌가 한다. 좌지왕은 신하 박원도의 말을 듣고 용녀의 무리를 숙청하고 용녀를 하산도로 귀양 보내면서 나라 안 정치에 힘을 쏟았다. 좌지왕이 용녀를 왕비로 맞이하고, 용녀 무리들이 국정을 어지럽혔다는 것은 좌지왕대인 5세기 초에 금관가야의 왕권이 흔들리고 있

---

15 『주역(周易)』: 중국 주(周)나라 때의 경서(經書). 천문·지리·인사·물상(物象)을 음양(陰陽) 변화의 원리에 따라 해명한 유교의 경전. 역(易). 역경(易經).
16 군자인 벗들: 쫓겨난 지배층.

다는 것과 국력이 약화되고 있었다는 보여주는 기사라고 할 수 있다. 그것은 신라가 책략을 써서 금관가야를 정벌하고자 했다는 데서도 알 수 있다.

질지왕 원년(451년) 질지왕이 왕위에 올랐다. 그의 아버지는 취희왕(재위: 421년~451년)이고 어머니는 진사 각간의 딸 인덕이며, 왕비는 김상 사간의 딸 방원이다.

질지왕 2년(452년) 질지왕은 금관가야의 재도약을 위해 김수로왕과 허왕후의 명복을 빌기 위해 허왕후가 처음 김수로왕과 만나 성례를 치른 곳에 왕후사라는 사찰을 짓고, 전[17]10결[18]을 바쳐 그 비용으로 쓰게 하는 등 백성의 교화와 나라의 발전을 위해 불교의 융창을 도모했다.

질지왕 27년(479년) 질지왕은 중국의 선진 문화를 받아들이기 위해 남제[19]에 사신을 파견하였다.

『남제서』에 다음과 같은 기록이 보인다.

---

17 전(田): 밭.

18 결(結): 조세를 계산하기 위한 논밭의 면적 단위.

19 남제(南齊): 중국 남조(南朝)의 두 번째 왕조로 소도성(蕭道成, 재위: 479년~482년)이 송(宋)나라의 순제(順帝)로부터 양위를 받아 세운 나라.

가라국은 삼한의 한 종족이다. 건원 원년(479년)에 국왕 하지가 사신을 보내 공물을 바쳤다. 이에 [남제의 고제가] 조서를 내려 말하기를 "널리 헤아려 비로소 조정에 올라오니 이케 비로소 먼 오랑캐들까지 교화가 미치게 되었다. 가라왕 하지가 동쪽의 먼바다 밖에서 방문하여 청성으로 폐백을 받들고 관문을 두드렸다. 가히 보국장군 본국왕의 벼슬을 내린다."라고 했다.

『남제서』 권58 「동남이전」 '가라국'조의 가라국왕 하지가 가야 소국 중 어느 나라 왕인가를 둘러싸고 학자들 사이에 견해차가 크다. 479년에 중국 남조의 남제에 사신을 보낸 가라왕 하지가 가야금을 만들었다는 가야국 가실왕(재위: 421년~451년)과 이름이 유사하여 같은 사람이 아닐까 추측된다면서 가라왕 하지가 고령의 대가야왕이라고 보는 견해가 있다. 전기 가야 맹주국인 금관가야가 광개토왕의 남정으로 사실상 멸망했고, 고총고분[20]을 축조할 만한 힘도 없이 겨우 명맥만 유지하다가 532년에 신라에 병합되어 5세기에 들어서 금관가야는 쇠퇴해 가고, 대가야

---

20 고총고분(高塚古墳): 4, 5세기에 출현한 고분으로 외형으로 볼 때 커다란 분구를 갖춘 대형 고분을 말한다.

는 성장해 간다는 논리를 펴면서 가라국의 남제와의 통교를 후기 가야사 전개에서 중요한 기점으로 삼고 있다. 이 견해는 가실왕의 재위 기간인 421년~451년과 가라국왕 하지가 남제에 사신을 보낸 해가 479년이라고 『남제서』 권58 「동남이전」 '가라국'조에 기록되어 있는 것과 대조해 보면 사실관계가 일치하지 않는다. 가라국왕 하지가 남제에 사신을 보내기 28년 전에 이미 가실왕은 사망했기 때문이다. 그리고 음상사[21]에 의하여 살펴보아도 가실왕과 하지왕의 이름은 서로 음이 비슷한 점이 없다.

한편 중국 남조의 남제와의 통교를 세력의 대소 관계로만 판단해서는 안 될 것이라며 가라국왕 하지가 금관가야(가라국)의 질지왕일 가능성이 크다고 판단하는 견해가 있다. 침체된 금관가야의 부흥을 위해 남제가 수립되는 그해에 독자적 판단으로 사신을 파견하여 조공하였던 가라왕 하지는 『삼국유사』 「기이」 '가락국기'조에 보이듯이 왕후사와 같은 사찰을 건립하는 등 불교의 융성을 도모해 불교를 통해 금관가야의 새로운 지배 사상으로서 왕권의 안정화를

---

21 음상사(音相似): 글자는 다르나 음(音)은 서로 같음.

꾀했고, 남제와의 통교 역시 불교 문화 등 선진 문물의 수용과 무관하지 않았다는 것이다.

가라국이 남제에 통교한 479년에 왕위에 있던 가라국왕은 금관가야의 질지왕(재위: 451년~492년)이라고 볼 수 있다. 질지왕이 금관가야를 다스리던 시기와 하지왕이 가라국(금관가야)을 다스리던 시기가 일치한다. 금관가야 왕들의 이름이 좌지왕(坐知王, 재위: 407년~421년)·질지왕(銍知王)·겸지왕(재위: 491년~521년)인 것에 주목할 필요가 있다. 김질왕(金銍王)을 질지왕(銍知王), 김겸왕(金鉗王)을 겸지왕(鉗知王)이라고 각각 '知(지)'라는 존칭을 붙여 불렀듯이, 가라국왕 하지(荷知)도 '知(지)'라는 존칭을 붙였다고 할 수 있다. 가야 여러 나라의 왕 이름 가운데 '知(지)'가 존칭으로 붙어 있는 이름은 좌지왕·질지왕·겸지왕뿐이다. 뿐만 아니라, '하(荷)'와 '질(銍)'을 국어학적으로 분석해보면 가라왕 하지(荷知)가 금관가야왕 질지(銍知)일 가능성이 높다. 한자를 모아 글자 하나하나의 음과 뜻을 풀이한 책인 『대자원』22에 '하(荷)'를 ① 연꽃 하(芙蓉芙渠之花)23 ② 원망할 하(-怨怒聲)

---

22 대자원(大字源): 장삼식 편, 『대자원(大字源)』(집문당, 1984).
23 부용부거지화(芙蓉芙渠之花): 연꽃은 한자로 연(蓮), 하(荷), 부거(芙渠), 부용

③ 박하 하(薄-) ④ 질 하(負也)로 풀이하고 있다. 가라국왕
하지(荷知)의 '하(荷)' 자(字)가 '질 하(負也)' 자(字)이므로 하지
(荷知)와 질지(銍知)는 상통한다.

『삼국사기』와 『일본서기』에 서기 532년에 멸망했다는
기록이 있고, 김해의 대성동 고분 가운데 왕묘 급으로 추정
되는 1호분이 5세기 초에 조성된 것으로 편년되고 있다.
금관가야의 왕성으로 추정되는 봉황 토성을 방어하기 위한
북쪽 감제고지24에 나전리 토루25가 축조되었다. 나전리 토
루는 그곳에서 출토된 유물로 짐작하면 5세기 후반~6세기
전반에 해당하는 유적으로 추정된다.

2002년 이후 대성동 고분의 추가 고분 발굴과 2019년
김해시 주촌면 원지리 고분 발굴로 고구려 남정 이후에도
김해 지역에 고총 고분이 축조되었고 외국과 교류를 하는
등 6세기까지 금관가야의 지배 세력이 건재했다는 것을 보
여 주고 있다.

(芙蓉) 등으로 불린다.

24 감제고지(瞰制高地): 주위가 두루 내려다보여 적의 활동을 감시하기에 적합한
고지.

25 토루(土壘): 흙을 다져 쌓아 올린 성벽.

무덤구덩이의 길이가 8미터가 넘는 대형 구덩식 돌덧널무덤26인 대성동 73호분은 5세기 후반까지 한반도 남부에 금관가야가 다른 가야 소국들과 병존했다는 것을 증명하고 있다. 구덩식 돌덧널무덤으로 영남지방 중 김해·부산 지역에서 처음으로 등장했던 대성동 73호분은 길이 165센티미터, 너비 135센티미터 규모의 껴묻거리구덩이27의 내부에서 금동화살통장식, 금귀걸이, 은제칼손잡이장식, 비늘갑옷, 재갈 등과 많은 양(量)의 토기들이 출토되었다. 이러한 출토품28을 통해 후기 금관가야 시기에도, 주변 국가들과 교류 관계를 유지하고 있었다는 것을 알 수 있다.

김해시 원지리 고분군의 M3호분은 대형 봉토분29으로 6세기에 조성된 앞트기식 돌방무덤30이다. 그 규모가 직경 약 11.2~12.8미터, 높이 약 3.3~4.5미터의 고총 고분

---

26 구덩식 돌덧널무덤: 주검을 위에서 수직으로 넣도록, 옆으로 트인 창이나 입구 없이 돌로 네 벽을 짠 무덤. 수혈식석곽묘(竪穴式石槨墓)라고도 한다.

27 껴묻거리구덩이: 껴묻거리를 넣어 둔 구덩이. 부장갱(副葬坑).

28 출토품(出土品): 땅속에서 발굴되어 나온 고대의 유물.

29 봉토분(封土墳): 돌로 쌓아서 만든 매장 시설 위를 흙으로 덮은 무덤 양식. 토총(土塚). 토묘.

30 앞트기식 돌방무덤: 횡구식석실분(橫口式石室墳). 외부와 출입이 가능하게 무덤을 만든 후 입구를 통해 여러 명을 매장할 수 있는 돌방무덤.

으로 지배 계층 중 수장급이 묻힌 무덤으로 추정된다. 그리고 4호분은 높은 봉분을 가진 널무덤으로 그 부곽[31] 에서 자라모양 토기, 단경호[32] 단각고배[33] 안장, 등자 등 다양한 유물이 출토됐다. 출토 유물 중 자라 모양 토기는 6세기대 금관가야와 왜의 교류를 살펴볼 수 있는 고고자료[34]로 6세기대에도 금관가야가 다른 나라와도 바닷길로 교류를 했다는 것을 증명하는 사례이다. 금관가야가 532년에 신라에 복속되었다는 『삼국사기』의 기록으로 볼 때 400년 광개토대왕 남정 직후에 금관가야가 사실상 멸망했다는 견해는 받아들이기 어렵다. 일찍부터 해로를 개척해 해상 무역을 활발하게 펼쳐왔던 금관가야가 479년에 사신을 보내 남제와 통교한 사실은 불교를 공인하고, 왕후사를 창건하는 등 금관가야의 재도약을 위해 힘쓰던 질지왕이 남제로부터 불교문화 등 선진 문물의 수용을 위한 것이었다고 볼 수 있다.

---

31 부곽(副槨): 으뜸 덧널에 딸려 있어 대개 껴묻을 거리를 넣어 두는 곳.
32 단경호(短頸壺): 둥근 몸통에 짧은 목이 달린 항아리.
33 단각고배(短脚高杯): 다리의 길이를 짧게 만든 굽다리접시,
34 고고자료(考古資料): 유물이나 유적의 자료.

13. 금관가야의 멸망

 탁순국과 금관가야는 백제와 신라의 위협으로부터 시달리고 있었다. 탁순국왕 아리사등[1]은 왜(倭)의 사신 아후미노 게나노오미[2]를 중개인 자격으로 두고, 신라왕과 백제왕에게 탁순과 금관가야를 안정화하기 위해 평화 회담을 요청했다. 하지만 신라왕과 백제왕은 지위가 낮은 관리를 대표로 보내는 등 무성의한 태도를 보였다. 대가야는 신라 쪽으로 기울고 있었다.

 남가라[3]라고도 불렸던 금관가야의 멸망 직전의 상황은 『일본서기』 「계체 천황」 '23년(529년) 4월'조에 기록되어 있다.

---

1 아리사등(阿利斯等): 탁순국의 마지막(재위: ?~538년) 왕.

2 아후미노 게나노오미(近江毛野臣): 『일본서기』에 따르면 529년 안라국에서 '안라고당회의'(安羅高堂會議)로 불리는 국제회의가 열렸을 때 참석한 왜(倭)의 사신.

3 남가라(南加羅): 금관가야는 『일본서기』에 임나(任那)·가라(加羅)·남가라(南加羅)·남만(南蠻)·수내라(須奈羅)·소내라(素奈羅) 등의 여러 가지 이칭(異稱)으로 등장한다.

이로 인하여 신라는 다시 상신[4] 이질부례간기[5]를 보내 무리 3천 명을 이끌고 와서 조칙 듣기를 청했다. 아후미노 게나노오미는 멀리서 병장기에 둘러싸인 무리 수천 명을 보고 웅천[6]에서 임나의 기질기리성[7]에 들어갔다. 이질부례간기가 다다라원[8]에 머무르면서 돌아가지 않고 3개월을 기다리며 여러 차례 조칙[9]을 듣고자 청했으나 끝내 전하지 않았다.

---

4 상신(上臣): 상대등(上大等).

5 이질부례간기(伊叱夫禮智干岐): 이사부(異斯夫) 또는 김태종(金苔宗). 신라 지증왕~진흥왕 시대의 장군·정치가로, 내물이사금의 4세손이다. 『일본서기』에는 이질부례지간기(伊叱夫禮智干岐) 또는 이질부례지나말(伊叱夫禮知奈末)로 기록되어 있다. 『삼국유사』에는 박(朴)씨, 이름은 이종(伊宗)이라 기록되어 있다. 지증왕 6년(505년) 신라에서 군현제가 실시되어 최초로 실직주(悉直州)가 설치되었다. 이때 이사부는 그곳의 군주(軍主)가 되었다. 그리고 512년에는 우산국(于山國: 지금의 울릉도)을 정복하였다. 「단양신라적성비(丹陽新羅赤城碑)」에 의하면, 진흥왕 10(549년) 전후에 이찬 이사부는 파진찬 두미(豆彌)와 아찬 비차부(比次夫)·김무력(金武力: 김유신의 할아버지) 등을 이끌고 한강 상류 지방을 경략하여 신라 영토를 크게 넓혔다. 562년 대가야를 멸망시켰다.

6 웅천(熊川): 지금의 경상남도 창원시 진해구 성내동.

7 기질기리성(己叱己利城): 금의 경상남도 창원시 의창구. 『삼국사기』에 굴자군(屈自郡), 『삼국유사』와 『고려사』에 구사군(仇史郡), 『일본서기』에 구사모라(久斯牟羅), 또는 기질기리성(己叱己利城)이라고 기록되어 있다.

8 다다라원(多多羅原): 지금의 부산광역시 사하구 다대포.

9 조칙(詔勅): 조서(詔書). 임금의 선지(宣旨)를 일반에게 알리고자 적은 문서. 조명(詔命).

신라는 대신을 상신이라고 하는데, 신라의 상신이 일본의 조칙을 듣기를 청했다는 구절은 『일본서기』 편찬자들이 과장하여 기록한 것이므로 주목할 필요가 없다. 신라는 낙동강과 남해가 만나는 요충지에 자리 잡은 금관가야가 백제와 왜의 영향권에 들어갈까 봐 이질부례간기, 즉 이사부 장군을 신라와 금관가야의 국경 지대에 파견했다. 이질부례간기는 군사 3천 명을 이끌고 3개월 동안 다다라원에 주둔하면서 시위를 벌였다. 아후미노 게나노오미가 웅천에서 임나의 기질기리성으로 들어갔다. 이것은 왜가 신라와 탁순국의 전쟁에 휘말리지 않겠다는 태도를 보여준 것이라고 할 수 있다.

『일본서기』 권17 「계체 천황」 '23년(529년) 여름 4월'조에 "상신은 금관·배벌·안다·위타의 4촌[다른 책에서는 다다라·수나라·화다·비지의 4촌이라 되어 있다.]을 약탈하고 군사들을 모두 데리고 본국으로 돌아갔다"고 기록되어 있다. 여기서 '금관'과 '수나라'는 김해를 가리키기 때문에 이때에 금관가야가 사실상 멸망의 길로 들어섰다고 볼 수 있다.

『삼국사기』 「신라본기」 '법흥왕'조에 다음과 같이 기록되어 있다.

금관국주 김구해(구형왕)가 왕비 및 세 아들인 맏아들 노종, 둘째 아들 무덕, 막내아들 무력과 함께 자기 나라의 보물과 재물을 가지고 와서 항복했다. 법흥왕은 이들을 예로 대접하여 상등의 관위를 주고 본래 그들의 나라를 식읍[10]으로 삼게 하였다. 그 아들 무력은 벼슬이 각간에까지 이르렀다.

구형왕(재위: 521~532)은 아버지가 겸지왕이고, 어머니는 출충 각간의 딸 숙(淑)으로 구형왕 원년(521년)에 왕위에 올라, 11년 동안 금관가야를 다스렸다.

구형왕 11년(532년) 신라 진흥왕이 병사를 일으켜 쳐들어왔다. 구형왕이 친히 군졸들을 지휘하였다. 그러나 신라군의 수는 많고 금관가야군의 수는 적었기 때문에 맞서 싸울 수가 없었다. 구형왕은 형제인 탈지이질금을 본국에 머물러 있게 하고, 왕비와 세 아들 등과 함께 항복하여 신라로 들어갔다. 『삼국사기』에 첫째아들은 김세종, 둘째 아들은 김무덕, 셋째 아들은 김무력으로 표기되어 있다. 『개황록』에 금관가야가 "양(梁)나라 대통 4년 임자(532년)에 신라

---

10 식읍(食邑): 국가에서 공신에게 내리어, 조세를 개인이 받아쓰게 하던 고을. 식봉(食封).

에 항복했다."라고 기록되어 있다.

법흥왕은 구형왕을 진골11로 편입 시켜, 금관가야의 땅을 그에게 식읍으로 주고 그의 아들 셋에게도 벼슬을 주었다. 그들 가운데 신라가 백제의 성왕(재위: 523년~554년)과 관산성에서 싸울 때 응원군을 보냈던 김무력은 김유신의 할아버지였으며, 신주12의 군주로 관직이 각간에까지 이르렀다. 이로써 금관가야는 42년 김수로왕이 금관가야를 세운 지 490년 만에 멸망하게 되었다.

금관가야의 멸망은 가야 소국들의 앞날에 결정적인 타격을 주었다. 금관가야의 영토를 차지하게 된 신라는 낙동강 뱃길을 장악할 기회를 잡고, 낙동강과 남해안을 연결하는 교통 요충지를 차지하게 되었다. 신라는 가야 여러 나라의 정복에 있어서 백제보다 유리한 입장에 서게 되었다.

---

11 진골(眞骨): 신라 때 골품(骨品)의 하나. 부모 가운데 어느 한쪽이 왕족의 혈통을 지니고 있는 사람으로, 태종 무열왕에서 혜공왕까지의 왕과 신라로 편입된 금관가야의 구형왕이 이에 속함.

12 신주(新州): 지금의 서울시 강남구 · 송파구 · 서초구와 경기도 광주시 일대. 진흥왕 15년(553년) 백제가 탈환한 한강 하류 유역을 기습 공격하여 점령한 다음 신주를 설치하고 김무력(金武力)을 군주로 파견했다.

14. 금관가야의 사회

대외 교역

금관가야가 자리 잡고 있던 김해는 관문과 같은 중요한 위치에 놓여 있었다. 바닷길로 서해안과 남해안의 모든 항구와 중국과 일본으로 통할 수 있었고, 낙동강 물길을 이용해 경상도 내륙 깊숙이까지 연결될 수 있었다. 바닷길과 낙동강 물길을 이용해 금관가야는 교역의 중심지로 떠올랐다. 2001년 김해시 해반천과 봉황대 언덕 사이의 습지에서 항만 유적이 발견되었다. 농경지, 토기가마, 방어 시설, 조개더미1, 기둥구멍 등의 유구와 함께 교역과 관련된 창고 시설로 추정되는 굴립주건물2이 발굴됐다. 가야의 대외 교역과 관련하여 『삼국지』 「위서」 '오환선비동이전'에 다음과

---

1 조개더미: 인류가 조개를 채집한 다음 먹고 버린 조개껍질을 폐기하면서 형성된 일종의 쓰레기더미 생활 유적. 조개무지. 패총(貝塚).

2 굴립주건물(堀立柱建物): 땅을 파서 기둥을 세우거나 박아 넣어서 만든 건물로, 바닥 면이 지면 또는 지표면보다 높은 곳에 있는 건물을 말한다.

같은 기록이 있다.

> 나라에서 철이 생산되는데, 한(韓), 예(濊), 왜(倭)에서 모두 와서 가져갔다. 시장에서 사고팔 때에 모두 철을 사용하였다. 마치 중국의 돈과 같이 사용하였다. 또한 철을 낙랑과 대방의 두 군(郡)에도 공급하였다.

이 기록은 한반도 동남부 지역의 철의 생산과 교역에 관한 실상을 알려주고 있다. 김해 대성동고분과 부산 복천동고분에서 출토된 많은 양의 덩이쇠3, 납작도끼 같은 철기는 『삼국지』「위서」'오환선비동이전 한(韓)'조의 기록이 정확하다는 것을 입증하고 있다. 금관가야는 주위의 철광산에서 생산되는 철광석을 제련하는 선진적인 제철 기술을 보유하고 있었다. 봉황대 유적에서 제철에 사용되었던 송풍

---

3 덩이쇠: 가운데가 잘록하고 양쪽 끝에 이르면서 폭이 넓어지는 간단한 모양의 쇠판. 철정(鐵鋌)이라고도 한다. 덩이쇠의 용도에 대해서는 철소재설 외에 화폐설 등이 있다. 그러나 가야 지역 고분에서 출토되는 다량의 철정으로 보아 철소재의 보급이 보편적인 형태로 정착된 것으로 보인다는 견해가 있다. 5세기 중엽 이후가 되면 덩이쇠의 크기와 무게가 일정 범위 내에서 규격화하는 경향을 보인다. 덩이쇠의 양적 증가와 규격화 현상은 대량생산을 전제로 했던 것으로 보인다는 견해가 있다.

구4의 파편과 슬래그5가 출토되었다.

이것들은 금관가야에서 철광석을 제련하여 철을 뽑았다는 것을 증명하는 중요한 유물이다.

『세종실록지리지』와 『신증동국여지승람』에 따르면 김해 감물야촌과 창원 부을무산에서 사철6이 생산된다고 기록하고 있다. 김해시 대동면에 있었던 상동광산은 1950년대까지 철광석을 채굴했다. 금관가야 지역에서 확인된 철기 생산과 관련이 있는 유적으로 김해 삼계동 화정 유적·두곡 유적, 부산 동래패총, 김해 양동리 고분군·대성동 고분군 등이 있다. 부산 동래패총은 초기 철기 시대의 조개더미 유적으로 동래 지역에서 나온 쇠를 녹여 내던 쇠부리 터는 우리나라 최초로 발견된 고대 제철 관계 유적이다. 그리고 김해 삼계동 화정 유적·두곡 유적에서 숯가마 4기가 발굴되어 철이 생산되었다는 것을 확인할 수 있었다. 또한 김해 지역에서 납작 도끼가 2세기 후반에 양동리 고분군의 162호

---

4 송풍구(送風口): 용광로에 바람을 불어 넣는 데 사용하는 토제관.

5 슬래그(slag): 철광석을 제련(製鍊)한 뒤의 찌꺼기. 철재(鐵滓).

6 사철(沙鐵): 모래 모양으로 잘게 부스러져, 하상(河床)이나 해안에 모래나 자갈과 함께 쌓여 있는 자철광. 철사(鐵砂).

분에서 40점, 3세기 후엽 대성동 고분군의 대성동 29호분에서 43점 등 다량으로 출토되었다. 2세기 후반~3세기 후엽에 김해 지역은 독자적으로 철을 생산하는 체계를 구축했던 것으로 추정된다.

이러한 철 생산과 철 관련 생산품을 낙랑, 대방, 왜에 수출하면서 금관가야는 대외 교역의 중심지로 떠올랐다. 이러한 대외 교역을 입증하는 유물이 김해 봉황동유적의 회현리패총·가야의 숲 조성부지 유적, 대성동 고분군, 양동리 고분군 등에서 출토되었다. 김해 봉황동유적의 회현리패총에서 출토된 화천[7]은 금관가야가 일찍부터 해상교통로를 이용해 중국 계통의 문물을 수입하고, 철을 수출하는 등 국제 교역을 활발하게 한 해상 왕국이었다는 것을 방증하고 있다. 대성동 고분군에서는 중국 후한의 유물로는 방격규구사신 거울[8]과 내행화문경[9]의 깨진 조각, 호랑이 모양 띠고리[10],

---

7 화천(貨泉): 전한에 이어 신(新)을 건국한 왕망이 주조해 통용시켰던 왕망전이다.

8 방격규구사신 거울: 방격규구사신경(方格規矩四神鏡). 왕망(王莽)의 신(新)나라 이후인 후한 전기(後漢前期)의 전형적인 양식을 갖고 있는 거울이다. 내구에 사신(四神)을 갖추고 신령스러운 짐승들이 모여 있다. 방격(方格)의 네 귀퉁이와 V자형을 연결하는 소용돌이 모양의 선은 하늘과 땅을 잇는 구조물의 일부라고 생각된다. 내구의 바깥에는 명문(銘文)을 넣은 명대(銘帶)가 있고 문양으로 표현된 사신을 비롯한 우주의 기능이 구체적으로 설명되어 있다.

왜계 유물로 바람개비형동기11, 벽옥제 석제품 등이 출토되었다. 그리고 양동리 고분군에서는 중국계 유물로 1세기경 명문의 중국제 청동정12 한식 구리거울, 왜계 유물로는 광형동모13, 동과14, 하지키15, 방추차형석제품16, 바람개비형동기 등이 발굴되었다. 그리고 대성동 고분군 29호 덧널무덤에서 출토된 오도로스(Ordos)형 동복, 금동관, 대성동 91호분에서 출토된 로만글라스, 88호분에서 출토된 진식대금구17 등, 출토 유물과 덧널무덤 그 자체를 북방문화와 비교하여 상관관계를 규명하는 것에 대해 학계에 과제로 던져주

---

9 내행화문경(內行花文鏡): 중국 한(漢)나라 때 사용되던 구리거울의 하나. 안쪽의 화문대(花文帶)를 주된 문양으로 하고, 도상 문양(圖像文樣)을 넣지 않은 기하학적 구도가 특징이다. 특히 후한(後漢) 때에 성행하였다.

10 호랑이 모양 띠고리: 호형대구(虎形帶鉤). 초기 철기 시대 말기에서 서기전 3세기~서기전 2세기까지, 다시 말해 선사 시대에서 역사 시대로 전환하는 과도기적 시기에 걸쳐 사용하던 청동제 허리띠 걸쇠. 쇠를 녹여 부어 만든 것이다.

11 바람개비형동기: 파형동기(巴形銅器). 소용돌이 모양의 청동기 장식.

12 청동정(靑銅鼎): 청동으로 만든 세발솥으로 고대에 제사와 연회에서 고기를 담아 끓이는 데 사용했다.

13 광형동모(廣形銅矛): 폭이 넓은 청동창.

14 동과(銅戈):청동으로 만든 창의 일종.

15 하지키(土師器): 일본의 고분시대인 4세기에 그 이전 시대의 야요이식 토기로부터 발달한 연질 토기.

16 방추차형석제품(紡錘車形石製品): 녹색응회암제로 만든 실을 감는 부속품.

17 진식대금구(晋式帶金具): 서진(西晋)과 동진(東晋)의 무덤에서 출토되는 특색 있는 금동제 대금구를 지칭한다.

었다. 특히 로만글라스가 출토한 대성동 91호분은 토기 편년에 의하면 서기 300년 전후로 편년되기 때문에 황남대총 등에서 출토된 로만글라스보다 대략 70년 정도 앞선 시기의 시간차를 보인다. 그리고 대성동 91호 고분에서 나온 조개장식 말갖춤새는 일본 남방지역인 오키나와와 금관가야가 서로 교류를 했다는 물증으로 학계의 시선을 끌었다.

금관가야 문화권에서 철기유물이 나온 곳으로는 창원 다호리분묘군, 김해 대성동 고분군, 김해 양동리 고분군, 부산 복천동 고분군 등이 대표적인 유적이다. 금관가야는 일찍부터 왜와 문화 교류와 교역을 해 왔다. 늦어도 3세기경부터 금관가야 지역에서 생산된 철과 덩이쇠를 수입해 갔던 왜는 철과 덩이쇠를 바탕으로 해서 철기를 제작하기도 했다. 철과 덩이쇠를 수입해 간 왜는 쌀·소금·왜제청동기·벽옥제 석촉·장신구 등을 금관가야를 비롯한 가야 여러 나라에 수출했을 것으로 추정된다. 지금까지는 왜에서만 출토되어 왜가 원산지라고 여겨져 왔던 바람개비형동기, 굴대투겁18 벽옥제 석촉과 석제품류 등은 이들 유물의 원

---

18 굴대투겁: 통형동기(筒形銅器). 나무자루 끝 장식으로 사용된 속이 빈 통형 청동기.

산지가 금관가야 영역이거나 아니면 왜의 지배집단이 금관가야와 교역을 했다는 증거가 되고 있다.

금관가야를 비롯한 가야 여러 나라의 철기 제작 기술은 일본열도에 전파되어 야요이문화를 꽃피웠고 왜가 소국을 통합해 국가 권력이 출현할 수 있는 토대를 마련하게 하는 등 왜의 고대국가 형성에 기여했다.

경제 생활

청동기 문화의 발달과 함께 중국 만주와 한반도 일대에는 생산력의 발달, 특히 논밭을 갈아 농작물을 심고 가꾸는 농경의 광범위한 보급에 힘입어 군장이 다스리는 많은 부족들이 나타났다. 이들 가운데 세력이 강한 군장은 주변의 여러 부족을 통합하고, 점차 권력을 강화하여 나갔다. 군장 사회에서 가장 먼저 초기 국가로 발전한 것은 고조선이었다. 고조선은 서기전 12세기를 전후한 시기에 랴오둥 지역에서 초기 국가를 형성했던 소국 중의 한 나라였다. 고조선은 시간이 지나며, 나라 힘을 키워서 이웃한 소국들과 더불어 연맹왕국이 되었다.

김해시 부원동유적은 3~4세기의 주거지와 마을을 방어

하기 위해 만든 인공 도랑인 환호 등으로 이루어진 유적으로 구야국에서 금관가야로 발전하는 시기의 생활 유적으로 알려졌다. 1980년 발굴 조사되었으나 현재는 김해시청 건물 공사로 완전히 사라졌다. 오리 모양 토기·부뚜막형 토기·시루 등의 토기류와 철촉·철침·쇠도끼 등의 철기류 유물이 출토되었고, 쌀·보리·콩·팥·조·밀 등 곡물과 감·복숭아·밤·호두 등 과일류가 출토되어 금관가야 사람들의 식생활을 엿볼 수 있다. 출토된 곡물들로 금관가야는 이른 시기부터 밭농사와 논농사를 지었다는 것을 알 수 있다. 금관가야 시대에 지금의 김해시 남동부 지역은 옛 김해만으로 둘러싸여 있어서 농사짓기에 좋지 못한 환경이었다. 봉황동유적의 회현리패총에서 불에 탄 쌀인 탄화미가 출토되었고, 김해시 구산동에서 논경작지가 발굴되었던 것으로 보아 김해시 남동부 지역에서도 농업 활동을 했을 것으로 보이는 금관가야의 농업 활동은 지금의 김해시 서북부 지역을 중심으로 활발했을 것으로 추정된다. 농업이 최대의 산업이었던 3~5세기에 대외 교역 같은 상업 활동만으로 금관가야가 번성했다는 것은 설득력이 떨어진다.

4세기 이후 금관가야는 철제 농기구로 갈이에 U자형 삽날·쟁기·쇠스랑을, 삶이에 호미·살포를, 걷이에 낫을 사용하는 농작업 형태를 갖추게 되어 농업이 한층 더 발달하게 되었다.

낙동강과 해안을 끼고 있던 금관가야는 어업 활동을 하기 좋은 자연조건을 갖추고 있었다. 금관가야의 어업 활동을 살펴볼 수 있는 유적으로 남해안 일대에 흩어져 있는 조개무지들이 있다. 3~4세기에 해당하는 철기 문화의 요소가 나타나는 조개무지에서 가락바퀴·어망추 등의 토제품과 각종 골각기, 그리고 쇠화살촉·쇠낚시바늘·쇠손칼·쇠낫 등의 철제 기구들이 출토되었다. 알려진 조개무지로는 김해시 봉황동유적의 회현리패총, 김해시 부원동 패총, 양산시 다방동패총, 부산시 동래패총, 진해시 웅천패총 등이 있다. 조개무지에서 출토된 어패류로는 굴·털조개·긴고둥 등이 있다.

수공업

금관가야의 무덤에서 많은 양의 철로 만든 유물이 출토되었다. 3~5세기 금관가야를 비롯한 가야 여러 나라의 발전은 철과 밀접하게 관련되어 있다. 금관가야의 무덤에서 출토된 철제 갑옷, 투구, 말갖춤새 등은 이 무렵 금관가야

의 수공업과 군사력이 상당한 수준까지 발전했음을 보여주
고 있다.

금관가야의 무덤에서는 농작물을 심어 가꾸거나 거두어
드릴 때 필요한 철제 농기구와 다른 연모를 만드는 데 사용
된 철제 공구들이 많이 출토되었다. 철기 제작과 관련된 철
제 공구로는 망치·집게·끌·줄·모루 같은 단야구[19]와 숫
돌, 단야재[20] 등이 있다. 동래 복천동 84호분에서는 끌과 집
게가 출토되었고, 동래 복천동 35호분·36호분·71호분과
김해 대성동 고분군 등에서는 집게와 망치가 출토되었다.

철제 농기구로는 도끼, 낫, 주머니칼, 따비, 보습, 괭이 등
이 있었는데, 양동리 고분과 대성동 고분에서 주조 쇠도
끼[21], U자형쇠삽날, 쇠스랑 등이 4평방미터 이상의 중대형
고분에서만 한두 자루씩 나왔다. 4세기 이후 농업 생산력
이 크게 늘어난 금관가야에서는 철제 농기구를 이용한 농

---

19 단야구(鍛冶具): 금속제품은 금속 소지에 열을 가한 후 집게로 잡아 올려서 모
   루 위에 놓고 망치로 표면을 두드리는 담금질 작업을 통해서 제작된다. 단야구
   는 대장간에서 이러한 담금질 작업에 사용하는 연장으로서 망치(鐵鎚), 집게(鐵
   鉗), 끌(鐵鑿), 줄(鑢), 모루(鐵砧·鐵床) 등이 있다.
20 단야재(鍛冶滓): 철을 정련하고 가공할 때 배출되는 철편(鐵片).
21 주조 쇠도끼: 주조철부([鑄造鐵斧]: 거푸집에 쇳물을 부어 떠낸 도끼.

업이 활발하게 이루어지고 있었고, 대형 철제 농기구들을 제작하는 철기 제작 전문기술자들이 금관가야에 있었다. 주조 쇠도끼·U자형쇠삽날·쇠스랑 등 대형 철제 농기구는 소규모 촌락에서 제작하기는 어려웠다. 금관가야 왕의 통치 행위에 의해 왕성인 봉황성에서 대형 철제 농기구 제작이 이루어졌고, 촌락의 우두머리들에게 분배되었을 것으로 추정된다. 6세기에 조성된 것으로 추정되는 굴식돌방무덤인 창원 가음정동 3호분·김해 구산동 고분에서 작은 미니어쳐 형태로 논의 물꼬를 조절하는 데 쓰는 연장인 살포가 출토되었다.

2016년 김해시 봉황동유적에서 사발·시루 등 생활 용기와 함께 가락바퀴[22]가 출토되었다. 가락바퀴는 금관가야에서 실을 엮어내 직물을 만드는 작업인 직조 기술이 많이 행해졌다는 것을 말해주고 있다.

금관가야의 수공업 제품 가운데 빠트릴 수 없는 것인 금관가야 토기는 민무늬 토기의 제작기술을 계승한 적갈색

---

22 가락바퀴: 방추차(紡錘車). 짧은 섬유의 경우는 섬유를 길게 이으며 뒤꼬임을 주어 실을 만들고, 긴 섬유의 경우는 꼬임만을 주어 실을 만드는 방적구의 가장 원시적인 형태이다. 실을 감는 용도로 사용되었고, 가운데 구멍이 뚫린 둥근 원판 형태의 유물로 주로 흙을 빚어 구워 만들었다.

연질토기[23]와 회청색 경질토기[24]로 나뉜다. 1~3세기에 많이 만들어졌던 적갈색 연질토기는 음식물 조리 등 일상생활에 사용한 생활 용기였다. 그리고 4~6세기에 생활 용기와 껴묻거리로 제작된 도질토기[25]가 금관가야에서 출현했다는 것은 당대의 가장 선진적인 첨단 제작 기술과 그것을 소비할 수 있는 계층과 경제력이 금관가야에 존재했다는 것을 뜻한다.

금관가야의 토기는 물결무늬가 새겨진 화로 모양의 그릇받침과 가 주를 이룬다. 옛 김해만을 중심으로 주변의 부산·진영·진해를 포괄하는 지역에서 출토되는 토기를 금관가야양식 토기라고 하는데 대표적인 기종으로는 노형기대와 외절구연고배를 들 수 있다. 도질토기가 주를 이루는 금

---

23 적갈색 연질토기(軟質土器): 민무늬 토기 문화의 전통을 잇는 토기로 기벽이 민무늬 토기에 비해 얇고, 색조는 적갈색을 띤다. 납작한 밑을 가지며 쇠뿔 모양 손잡이가 많다. 시루가 급속히 발전한 것으로 보아, 농업 생산력이 증가되었다는 것을 알 수 있다.

24 회청색 경질토기(硬質土器): 둥근 밑 단지와 굽다리접시로 대표되며 약 1,300℃ 정도에서 구운 것이라 여겨지는 토기.

25 도질토기(陶質土器): 김해식경질토기(金海式硬質土器)·회청색경질토기(灰靑色硬質土器)라고도 부르는 도기질토기(陶器質土器)를 뜻하는 용어로 4세기 이후부터 5세기 전기 이후까지의 토기를 지칭한다. 도질토기는 600~800℃의 고온에서 유약을 입히지 않고 대체로 산화염(酸化焰)에서 구워낸 토기로 표면이 적갈색을 띠는 것을 말한다.

관가야의 금관가야양식 토기 기형과 토기 제작기술은 4세기 후반 왜에도 전해져 왜의 고훈 시대[26] 중기에 출현하는 토기인 스에키[27]의 제작에 직접적인 영향을 주어 스에키의 원류가 되었다. 스에키는 일본에서 고훈 시대 후기부터 만들어진 흑청색을 띤 경질의 토기로 야요이 토기[28]나 적갈색의 무른 하지키와는 계통을 달리한다.

---

26 고훈 시대: 고분시대(古墳時代). 일본사에서 3세기 중반부터 7세기 말까지의 약 400년을 가리킨다. 6세기 말까지 전방후원분(前方後圓墳)이, 7세기에는 방분(方墳)·원분(圓墳)·팔각분(八角墳) 등의 거대한 고분이 출현하게 되는데 이를 근거로 이 시대를 고훈 시대라고 한다.

27 스에키(須惠器, すえき): 수혜기(須惠器)라고도 한다. 한반도의 백제와 가야의 영향을 받아 일본에서 만들어진 회청색 토기이다. 왜의 고훈 시대에 만들어진 토기보다 단단한 것이 특징이다.

28 야요이 토기(彌生土器): 서기전 200년에서 서기 300년경 일본의 야요이 시대를 대표하는 유물로 붉은 빛을 띠며 간결한 무늬가 있는 것이 특징이다.

15. 금관가야의 문화

공예

가야의 공예에서 빠트릴 수 없는 것이 토기이다. 가야 토기는 민무늬 토기의 제작 기술을 계승한 적갈색 연질토기와 회청색 경질토기로 나뉜다. 또한 1~3세기에 많이 만들어졌던 적갈색 연질토기는 음식물 조리 등 일상생활에 사용한 생활 용기였다. 그리고 4~6세기에 생활 용기와 껴묻거리로 제작된 회청색 경질토기는 섭씨 900도~1,200도 이상의 높은 온도에서 구워낸 단단한 질(質)의 토기를 말한다.

회청색 경질토기는 도질토기라고도 부르는데, 두 귀 달린 항아리인 양이부호의 형태를 하고 있다. 양이부호 형태의 회청색 경질토기는 3세기말 금관가야 권역인 낙동강 하류 김해·부산 지역에서 가장 먼저 출현하여 여러 가야 소국으로 퍼져나갔다. 4세기대에 들어서서 금관가야 토기는 화로모양그릇받침[1], 외절구연고배, 격자타날호가 특징적인 토기 양식을 이루었다. 가야 토기의 미학적 특질은 유연한 곡선과 다양한 문양 장식과 독특한 표현 양식에서 찾을 수 있다.

금관가야의 금속 장신구로는 관, 목걸이, 귀걸이, 팔찌, 반지, 허리띠장식 등이 있다. 왕묘로 추정되는 대성동 29호분과 대성동 76호분에서 각각 금동관편이 출토되었다. 특히 무덤구덩이의 길이가 8미터가 넘는 대형 구덩식돌덧널무덤으로 김해 지역에 5세기 후반에도 금관가야가 여전히 존립하고 있었다는 것을 증명하고 있어 시선을 끌었던 대성동 73호분에서는 금동화살통장식·금귀걸이·은제칼손잡이장식 같은 공예품이 출토되었다.

대성동 고분군 76호분에서 출토된 목걸이는 서로 길이가 다른 3줄로 구성됐고 수정으로 만든 구슬 10점, 마노[2]로 만든 구슬 77점, 각종 유리로 만든 구슬 2,386점 등 총 2,473점으로 이뤄졌다. 3세기에 조성된 것으로 추정되는

---

1 화로모양그릇받침: 노형기대(爐形器臺)라고도 한다. 몸통 부분이 화로와 비슷한 화로 모양인 그릇받침으로 완형(完形). 편구형(扁球形)의 낮은 동체부(胴體部)에 짧게 꺾이어 벌어진 구연부(口緣部)와 팔자상으로 넓게 벌어진 대각부(臺脚部)를 갖는다.

2 마노(瑪瑙): 수정과 같은 석영광물로서, 원석의 모양이 말의 뇌수(腦髓: 머릿골)를 닮았다고 해 '마노'라고 부른다.

양동리 고분군 270호분에서 출토된 목걸이는 수정으로 만
든 다면옥 20점과 주판옥 120점, 곡옥 6점 등 총 146점의
수정으로 이뤄졌다. 양동리 322호분 출토 목걸이는 3세기
금관가야의 지배층 문화를 대표할 수 있는 장신구로서 수
정을 정교하게 가공한 기술과 다채로운 색채와 질감이 조
화를 이룬 조형 의식이 돋보인다.

이러한 장신구들을 통해 금관가야 사회에서 늦어도 3세
기 전반에는 귀족 계급이 생겨났다고 추정할 수 있다. 금관
가야의 지배층들이 구슬로 자신의 신분과 부(富)를 드러내
려고 하는 관습은 3세기 말~4세기 초 조성된 대성동 고분
군 76호분에서도 확인할 수 있다.

풍속

금관가야의 편두3와 문신 풍속을 알 수 있는 문헌 자료로
『삼국지』「위서」'오환선비동이전'에 다음과 같은 기록이
있다.

---

3 편두(扁頭): 납작 머리. 고대에 널리 행해졌던 두개골을 변형시키는 풍습. 아이
  가 태어나면 돌로 그 머리를 눌러 납작하게 하는 것.

어린아이가 태어나면 곧 돌로 그 머리를 눌러서 납작하게 만들려 하므로 지금 진한 사람의 머리는 모두 납작하다. 왜와 가까운 지역이므로 남녀가 문신을 하기도 한다.

진한 지방에서 문신과 편두가 행해졌다는 기록이다. 삼한 시대 진한과 변한은 서로 섞여 지냈다는 기록이 있는 것으로 보아 변한에서 특이한 풍습으로 문신과 편두의 풍습이 있었다는 기록으로 보아도 무방하다. 문신은 왜(倭)의 풍습인데 금관가야가 왜와 가까운 지역에 영역을 두고 있었던 지역적 특성 때문인지 남녀 모두가 문신을 한다고 기록되어 있다. 편두는 김해 예안리 고분에서 편두 인골이 발견되어 이 기록이 정확하다는 것이 증명되었다. 1976년~1980년 4차례에 걸쳐 발굴한 김해시 대동면 예안리 고분군은 최상위 지배계층이 아닌 일반 서민계층의 공동묘지로 추정된다. 예안리 고분에서는 1,100여 점의 토기, 660점의 철기류, 180점의 구슬류, 41쌍의 귀걸이, 60점의 골촉 등 2,000여 점의 유물도 출토되었다. 예안리 고분군의 4세기경의 덧널무덤에서 확인된 인골 가운데 10구의 인골들의 머리가 인공적으로 변형된 흔적이 있었다. 10구의 인골 가운데 7구는 성년의 여성이었고, 2구는 장년의 남성, 1구는

5~6세의 어린애였다. 예안리 고분군에서 출토된 190여 구 인골의 평균 연령은 40세 정도인 것으로 조사되었다.『삼국지』「위서」'오환선비동이전'의 기록으로만 전해지던 금관가야의 편두 풍습이 10구의 인골을 통해 사실로 확인된 것이다.

3세기 후반 금관가야의 지배층의 무덤인 대성동 고분군에서 순장[4]이 갑자기 등장했다. 고대 한반도에서 순장이 가장 먼저 확인되는 곳은 바로 대성동 고분군이다. 대성동 고분군 3호분과 1호분 등에서 3세기 후반~4세기대에 순장을 했던 것으로 밝혀졌다. 널무덤, 덧널무덤, 구덩식돌덧널무덤, 돌방무덤의 형태로 변화하는 금관가야의 매장 풍속으로 껴묻거리와 순장의 풍속이 있었던 것이다.

금관가야 등 가야 여러 나라의 순장묘는 순장자를 묻은 위치와 고분 구조를 기준으로 주부곽순장묘[5], 주실순장묘[6] 순장곽순장묘[7], 등으로 분류할 수 있다. 주부곽순장묘는 주

---

4 순장(殉葬): 왕이나 귀족이 죽었을 때, 살아 있는 신하나 종을 함께 묻던 일. 또는 그런 장례법.

5 주부곽순장묘(主副槨殉葬墓): 주인공을 안치하는 주곽과 부장품을 넣기 위한 부곽으로 이루어진 묘제.

6 주실순장묘(主室殉葬墓): 으뜸돌방, 즉 주실(主室)에 순장하는 순장묘.

인공을 안치하는 주곽과 부장품을 넣기 위한 부곽으로 이루어진 묘제에서 주곽의 주인공 발치나 머리맡에 순장자를 매장하는 유형으로 김해 등 금관가야 지역에 주로 분포하고 있다. 주실순장묘는 무덤 안에 석실 1기만 만들고 그 안에 주인공과 순장자를 함께 매장하는 유형으로 경상남도 함안 등 안라국 지역에만 분포하고 있다. 순장곽순장묘는 주로 고령의 대가야 지역과 합천의 다라국 지역에 주로 분포하고 있다.

3세기 후반에 조성된 것으로 추정되는 대성동 고분군 29호분에서 2인 이상이 순장된 것으로 추정된다. 대성동 88호분에서는 순장자의 유골 3구가 나왔다. 순장자의 머리뼈 위쪽에서 머리 장식과 구슬이, 왼쪽 옆구리에서 사슴뿔과 손잡이칼이, 얼굴과 가슴에서 화살촉이 발견되었다. 4세기에 조성된 것으로 추정되는 4~5세기 중국 동북지방 요서 지역에 삼연왕조를 세웠던 모용선비족의 말갖춤새가 출토되었던 대성동 91호분에서는 5인의 순장 인골이 발견

---

7 순장곽순장묘(殉葬槨殉葬墓): 주인공의 묘실인 주실 외에 별도의 순장곽을 따로 매장하는 방식인 순장곽식 순장묘는 순장곽이 1기분인 단곽순장과 2기 이상인 다곽순장으로 구분된다.

되었는데 널무덤 안에 있던 3명은 주인공의 발아래 쪽에, 2명은 서쪽 공간에서 발견되었고 모두 머리가 남쪽을 향하고 있었다. 4세기 후엽~5세기 초에 조성된 것으로 추정되는 대성동 1호분에는 5인을 순장한 것으로 추정된다.

금관가야의 순장에 대해 부여로부터 직접 도입한 장례 습속이라는 견해, 고대 초기 국가의 발전 단계에서 나타나는 인류의 보편적인 현상이라는 견해가 있다. 지금 이 세상의 삶을 죽은 뒤의 세상에서도 똑같이 누린다는 생각을 갖고 있던 금관가야 사람들은 무덤 속에 죽은 사람이 살아 있을 때 쓰던 물건이나 특별하게 만든 물건뿐만 아니라 아내나 신하 혹은 노예도 함께 묻었던 것이다. 고대 사회에서 소중했던 인력을 순장을 해서 헛되이 써버려도 별다른 문제가 없을 만큼 금관가야의 국력이 성장했다는 것을 추정할 수 있다.

『삼국지』「위서」'오환선비동이전'에 다음과 같은 기록이 있다.

> 그들의 장례에는 관(棺)은 있으나 곽(槨)은 사용하지 않는다. 소나 말을 탈 줄 모르고 소나 말은 죽은 사람의 장례를 치를 때 써버린다.

변한 사람들이 소나 말을 탈 줄 몰랐다는 구절은 변한 초기의 일을 기술한 것으로 보인다. 김해 양동리 고분군이나 대성동 고분군에서 나온 말갖춤 유물이나 동복 등은 금관가야 사람들이 말을 잘 타는 사람들임을 입증해주고 있다. 금관가야 사람들은 말과 같은 살아 있는 동물을 함께 묻거나 마면주[8] 말갑옷[9] 같은 말갖춤새를 껴묻거리로 묻었다. 금관가야 사람들은 기마 인물 모양 토기[10] 말토기[11] 같은 말 형상을 한 토기, 오리모양 토기[12] 같은 동물 형상을 한 토기 등을 함께 묻기도 했다. 그리고 가야 사람들은 토기뿐만 아니라 금관, 금동관, 금제 장신구와 같은 권력을 상징해 주는 물건인 위세품을 함께 껴묻거리로 묻었다. 『삼국지』「위서」'오환선비동이전'에 다음과 같은 기록이 보인다.

---

8 마면주(馬面冑): 말의 얼굴에 씌우는 투구를 이르던 말.

9 말갑옷: 마갑(馬甲). 말의 갑옷.

10 기마 인물 모양 토기: 기마인물형토기(騎馬人物形土器), 말을 타고 있는 사람의 모습을 주제로 하여 주로 가야·신라에서 제작된 토기.

11 말토기: 마형토기(馬形土器). 신라·가야에서 만들어진 도질(陶質)의 말 모양 토기.

12 오리모양 토기: 압형토기(鴨形土器). 낙동강 유역에서 출토되는 가야시대의 오리 모양의 회청색 경질토기.

큰 새의 깃털을 사용하여 장사를 지내는데, 그것은 죽은 사람
으로 하여금 새처럼 날아 올라가라는 뜻이다.

금관가야 사람들은 큰 새의 깃털을 함께 껴묻거리로 묻
으면 죽은 사람의 영혼이 하늘나라로 올라갈 수 있다고 믿
었던 것으로 추정된다.

금관가야의 종교

낙동강 유역을 중심으로 한반도 남부에 위치하고 있던
가야 여러 나라 가운데 금관가야는 유일하게 불교 수용에
관한 문헌 기록이 남아 있다. 금관가야의 불교 수용에 관한
기록은 『삼국유사』 권2 「기이」2 '가락국기'조, 『삼국유사』
권3 「탑상」4 '금관성파사석탑'조, 『삼국유사』 권3 「탑상」4
'어산불영'조 등에 기술되어 있다. 『삼국유사』 권2 「기이」
2, '가락국기'조 기사와 『삼국유사』 권3 「탑상」4 '금관성파
사석탑'조 기록은 김수로왕이 인도 아유타국의 공주인 허
황옥을 왕비로 맞아들일 때 허황옥이 인디아의 아유타국에
서 파사석탑을 가지고 들어왔다는 이야기가 기술되어 있
다. '금관성파사석탑'조 기사와 '어산불영'조 기록은 불교가

남방으로부터 전래되었다는 불교 남방 전래설을 입증하는 사료이다. 불교 남방 전래설을 부정하는 학자들은 『삼국유사』에 실려 있는 불교 관련 기사들은 그 자체가 일연이 불교적으로 윤색하고 있어 믿을 수 없다고 말한다. 가야 불교 남방 전래설을 인정할 때는 우리나라의 불교 도입 시기가 현재의 통설보다 300년이나 앞선다. 하지만 허왕후가 인디아에서 왔다는 것을 검증할 수 없다는 점 등으로 해서 받아들이기 힘들다는 것이 학계의 대체적인 견해이다. 불교의 가야 전래를 입증할 사료는 그보다 훨씬 뒤인 『삼국유사』 「기이」2 '가락국기'조에 구체적으로 기술되어 있다.

질지왕: 김질왕이라고도 한다. 원가[13] 28년에 즉위하였다. 이듬해 세조 김수로왕과 허왕후를 위해 명복을 빌고자 처음 허왕후가 김수로왕과 성례를 치르던 곳에 절을 세워 그 이름을 왕후사라 하고, 전토 10결을 내어 충당하도록 했다.

불교가 가야에 전래되어 본격적으로 수용했던 시기가 금

---

13 원가(元嘉): 송나라 문제(文帝) 유유(劉裕)의 연호로 420년~422년까지 사용했다.

관가야 제8대 왕인 질지왕(재위: 450년~492년) 대라는 것을 말해주는 기록이다. 질지왕이 금관가야를 다스릴 때 절을 지었다는 기록이 『삼국유사』 권2 「기이」 2 '가락국기'조뿐만 아니라 『삼국유사』 「탑상」 '금관성파사석탑'조에도 보인다. 고구려가 372년 불교를 소수림왕 때 중국 전진으로부터 받아들인 후 초문사와 이불란사를 창건하여 순도와 아도14를 머물게 하였다는 기록이 있고, 백제가 384년 침류왕 때 중국 동진으로부터 불교를 수용한 후 사찰을 창건했다는 기록이 있다. 그리고 신라는 불교가 눌지왕(재위: 417년~458년) 때 아도에 의해 고구려로부터 전해졌을 것으로 보이며 527년 이차돈의 순교가 계기가 되어 흥륜사를 창건하는 시점에 불교가 공인되었다. 고구려·백제·신라 삼국이 불교를 수용하는 시기에 사찰이 창건된 것처럼 금관가야도 질지왕 2년(452년)에 왕후사가 창건되었다. 다시 말해 금관가야 왕실이 불교를 공식적으로 받아들인 것이다. 이것은 신라가 불교를 공인한 것보다 75년 빠르게 금

---

14 아도(阿道): 신라에 불교를 전파한 고구려의 승려로 눌지왕 혹은 미추왕(재위: 262년~284년) 때 신라에 불교를 전파하기 위해 일선군에 와서 모례의 집에 굴을 파고 살았다.

관가야가 불교를 공인한 셈이 된다.

금관가야의 도교[15]에 관한 사료는 일연이 『삼국유사』에 줄여서 실은 「가락국기」와 『신증동국여지승람』[16] 권32, 『동사강목』[17]에 각각 실려 있다.

「가락국기」에 김수로왕이 가락국(금관가야)의 왕위를 놓고 다툴 때 독수리나 새매 등과 둔갑한 설화나 김수로왕이 157세까지 살았다는 설화가 신선설과 서로 통하여 도교와 관련이 있다고 보는 견해가 있다. 조선 시대 중종 25년(1530년)에 편찬된 『신증동국여지승람』 권32 '김해도호부' 조의 기록은 다음과 같다.

초현대[18]는 김해부의 동쪽 7리 지첨의 작은 산에 있다. 다음

---

15 도교(道敎): 황제(黃帝)·노자(老子)를 교조로 하는 중국의 종교로 자연과 신선 사상, 음양오행설 등이 중심이 되어 신선사상을 기반으로 노장사상·유교·불교와 여러 신앙 요소들을 받아들여 형성된 다신적 종교. 도학(道學). 현문(玄門).

16 신증동국여지승람(新增東國輿地勝覽): 조선전기의 문신(文臣) 이행(1478년~1534년)·윤은보(1468년~1544년) 등이 『동국여지승람(東國輿地勝覽)』을 증수(增修)하여 1530년에 편찬한 지리서(地理書).

17 동사강목(東史綱目): 조선후기 문신·실학자 안정복(1712년~1791년)이 단군조선부터 고려 말까지를 다룬 통사적(通史的)인 역사서.

18 초현대(招賢臺): 금관가야 거등왕이 탐시선인(旵始仙人)의 뛰어난 덕을 사모하여 초현대(招賢臺)를 짓고 초빙한 곳.

과 같은 전설이 전해온다.

가락국 거등왕이 칠점산[19]의 탐시선인[20]을 초청하였다. 탐시선인이 배를 타고 거문고를 안고 왔다. 거등왕과 탐시선인은 그곳에서 바둑을 두며 함께 즐겼다. 이로 인하여 그곳을 초현대라고 하였다 한다. 그때 거등왕이 앉았던 연화대석과 바둑판 돌이 지금까지 남아 있다.

도교와 관련하여 '탐시선인'이라는 선인의 이름이 나오는 등 금관가야에 도교가 영향을 미치고 있었다는 사실을 기록하고 있다. 이 설화를 통해 칠점산은 이미 금관가야 시절부터 탐시선인이 찾을 정도로 뛰어난 선경[21]이었다는 것을 알 수 있다. 거등왕 때 도교가 영향을 미쳤다는 전설이 있

---

19 칠점산(七點山): 낙동강 삼각주 평야의 형성 과정에서 본래 옛 김해만 안쪽 바다에 있던 섬이었다. 약 1만 5000~2만 년 전의 후빙기에 퇴적 작용으로 퇴적 평야 내의 산지가 되었다. 일제 강점기 낙동강 제방의 축조와 김해 비행장을 만들 때 3개의 봉우리를 훼손했다. 8·15광복 이후 남은 4개 중 3개 봉우리도 훼손하여 현재 부산광역시 강서구 대저동에 한 봉우리만 남아 있다.
20 탐시선인(旵始仙人): 금관가야 거등왕 때의 도교인으로 금선(琴仙) 또는 칠점선인(七點仙人)이라고 불리기도 한다. 그의 모습은 옥과 같이 빛났고, 말소리는 경을 읽는 소리와 같았다고 한다.
21 선경(仙境): ① 신선이 산다는 곳. 선계. 선향(仙鄕). ② 경치가 신비스럽고 그윽한 곳의 비유.

다 해도 도교가 금관가야에 국가적으로 도입되었는지는 불분명하다.

『삼국유사』 권3 「흥법」3 '보장봉노보덕이암'[22] 조에 고구려(서기전 37년~서기 668년) 사람들이 다투어 오두미도[23]를 신봉했다는 기록과 『삼국사기』 권21 「고구려본기」9 '보장왕 2년'조와 『삼국사기』 권49 「열전」 9 '개소문'조에 고구려의 연개소문(603년~663년)이 올린 청을 보장왕(재위: 642년~668년)이 받아들여 당나라(618년~907년) 태종(재위: 626~649년)에게 표문[24] 올렸더니 당나라에서 도사[25]숙달 등 8명을 고구려로 보냈고, 그들이 불교의 사찰에 머물면서 노자의 『도덕경』을 강의했다는 기록이 우리나라에서 국가적 차원에서 도교를 도입한 첫 사례이다.

---

22 보장봉노보덕이암(寶藏奉老普德移庵): 고구려 보장왕(재위: 642년~668년)이 "노자를 받들자 보덕화상이 암자를 옮기다."라는 뜻이다.

23 오두미도(五斗米道): 중국의 도교 교파 가운데 하나로 중국 후한(後漢) 말(末)에 장릉(張陵)이 창시한 도교의 교단.

24 표문(表文): 임금에게 표로 올리던 글.

25 도사(道士): 도교를 믿고 수행하는 사람.

16. 금관가야의 문학

한자 전래

금관가야의 한자 전래와 관련하여 주목되는 고고학 유적은 경남 창원시 의창구 동읍 다호리에 위치한 다호리분묘군이다. 삼한 시대와 삼국 시대에 조성된 분묘 가운데 70여 기의 널무덤이 확인되었다 이 70여 기의 널무덤 가운데 주목을 받은 분묘는 통나무 목관과 각종의 철제와 청동무기, 농공구, 철소재, 각종 칠기류, 붓, 중국의 청동거울인 성운경, 오수전 등 많은 껴묻거리가 묻혀 있던 1호묘였다. 이들 유물 가운데 붓 5자루는 한자가 서기전 100년 전쯤 삼한시대에 한반도 남부에 전래되었고, 가야 문화권에서 이른 시기에 한자를 사용했다는 증거로 볼 수 있는 물증이다.

1세기에 조성된 것으로 보이는 김해 신문동 1호 널무덤에서 출토된 일광경에 '햇빛이 나타나면 천하가 크게 밝아진다'는 의미의 '견일지광천하대명(見日之光天下大明)'이라

는 문자가 새겨져 있어 시선을 끈다. 그리고 3세기에 조성
된 것으로 추정되는 김해 양동리 332호 덧널무덤에서 출
토된 문자가 양각된 청동 세발솥1의 입술 부분에는 "서ㅇ
궁정용일두병중십칠근칠량칠(西ㅇ宮鼎容一斗幷重十七斤七兩
七)"이라는 글자가 새겨져 있다. 서ㅇ궁에서 사용하는 솥
으로 용량은 1말이며, 무게는 17근 7량 7돈으로 풀이된
다. 제작 시기는 1세기로 추정된다. 김해 양동리에서 출토
된 것으로 전해지는 격자무늬 거울2의 꼭지 주위에 12자
의 글과 무늬의 가장자리에도 글이 새겨져 있다. 글의 내
용은 신선 세계에 대한 동경을 담고 있다. 제작 시기는 1
세기로 추정된다. 비록 이것들이 모두 중국 계통 유물이
고, 그 유물에 새겨진 문자의 내용이 금관가야와 직접적인
관계가 있는 것은 아니지만 금관가야의 유적 발굴 조사를

---

1 청동 세발솥: 청동솥(銅鼎). 청동 세발솥(銅鼎) 지금까지 신라 고분에서 천마총,
  황오리4호분, 노서리138호분에서 출토되었으며, 울산 하대 제23호 덧널무덤에서
  도 1점이 출토되었다. 서북한 지역에서도 낙랑 유적지인 정백동 8호분에서 2점,
  낙강토성지유적에서 1점이 출토되었다.
2 격자무늬 거울: 청동방격규구사신경(靑銅方格規矩四神鏡)이라고도 한다. 한식(漢
  式) 거울인 한경(漢鏡)의 하나이다. 구리거울인 동경(銅鏡)의 하나인 한경(漢鏡)
  은 전한경(前漢鏡)·후한경(後漢鏡)·왕망경(王莽鏡)으로 구별된다. 전한경은 중
  권청백경(重圈靑白鏡)·내행화문경 등이 그 대표적인 형식이다. 왕망경은 사신경
  (四神鏡)·방격규구사신경(方格規矩四神鏡)이 주류를 이룬다.

통하여 거의 기대하기 어려운 명문3을 확인했다는 점에서 의의가 있다. 이를 통해 금관가야 사람들이 한자를 인식하고 있었거나 한자를 사용하고 있었다는 것을 추정할 수 있다.

　낙동강과 남해가 만나는 지점에 있었던 금관가야는 일찍부터 낙랑이나 중국과 교역을 했다는 사실이 김해시 양동리 고분군과 대성동 고분군에서 출토된 유물을 통해 살펴볼 수 있다. 이러한 중국 계열 유물이 금관가야 옛 땅에서 발견되는 점을 미루어 보아 낙랑과 교역을 할 때 문물뿐만 아니라 유학도 함께 들어왔을 것이라는 것을 추정할 수 있다. 일연이 『삼국유사』를 편찬할 때 그 내용을 줄여서 실은 「가락국기」에는 "김수로왕이 대답하기를 '하늘이 나에게 명하여 왕위에 오르게 하고 장차 나라를 안정시키며 백성들을 편안하게 하려고 한지라 감히 하늘의 명령을 저버리고 왕위를 남에게 줄 수 없다. 또한 우리나라와 우리 백성을 너에게 맡길 수도 없다'고 했다는 구절에서 금관가야 초기부터 유학 사상이 퍼져 있었음을 알 수 있다.

---

3 명문(銘文): 금석(金石)이나 기명(器皿) 따위에 새긴 글.

금관가야에 관한 역사서로는 『개황록』이 문헌에 기록에 보인다. 『삼국유사』 권2 「기이」2 '가락국기' 구형왕 조에 "『개황록』에 보면, '양(梁)나라 무제 중대통 4년 임자(532년)에 신라에 항복하였다'고 하였다."라는 기록이 보인다. 『개황록』은 금관가야가 멸망한 후에 금관가야 유민4이 쓴 것으로 추정되는 역사서이다. 『개황록』이 언제 편찬된 사서인지에 대해서는 세 가지 견해가 있다. ① 개황이 581~600년에 중국 수나라에서 썼던 연호라는 것에 착안하여 신라 진평왕대 쯤에 편찬했다는 것이다. ② '개황(開皇)'을 그대로 해석해서 '황국을 열었다'는 의미로 풀이하여 신라의 삼국통일에 크게 기여한 김유신 일가에 대한 열기가 아직 가시기 전인 7세기 중후반에 편찬했다는 것이다. ③ 후삼국 시대의 혼란한 상황에서 금관가야 왕족의 후손인 신김씨들이 자신들이 금관가야의 왕손임을 강조하려 편찬했다는 것이다.

고려 시대 문종 때 이름을 알 수 없는 금관 지주사인 문

---

4 유민(遺民): 망하여 없어진 나라의 백성.

인이 『가락국기』를 쓸 때 『개황록』을 이용했다. 『가락국기』는 일연이 『삼국유사』 「기이」에 내용을 줄여서 실어 금관가야(가락국)의 역사를 이해하는 데 도움이 된다.

시문학

원시 사회에서 고대 국가로 전환되던 과도기 단계의 국가 형태인 연맹왕국은 소국들의 연맹에 이해 형성되었다. 연맹의 여러 소국들의 지배자는 각자의 영역을 다스리며 독자성을 유지하였다. 그중 세력이 강한 소국의 지배자가 연맹을 주도하거나 왕이 되었으며, 나라의 중요한 일은 소국들의 지배자들이나 대표들과 협의하여 처리하였다. 일을 하면서 부르는 노동요와 굿을 하면서 부르는 무가 같은 민요가 이미 선사 시대에 생겨났다. 고조선 시대에도 노동요와 무가는 흔하게 불렸다. 원시 고대문학의 집단가요에서 개인적 서정 가요로 넘어가는 시기의 작품인 「공무도하가」와 고구려 초기의 가요로 작가와 연대가 뚜렷하며 현재까지 전해지는 고대 가요 가운데 가장 오래된 개인적 서정시인 「황조가」가 주목할 만하다.

금관가야의 시문학 작품인 「구지가」는 원래의 가요는 전하지 않고 4구체의 한역가5 형태로 『삼국유사』 권2 「기이」
2 '가락국기'조에 실려 있다.

거북아

거북아

머리를 내밀어라

내밀지 않으면 구워서 먹을래

구하구하(龜何龜何)

수기현야(首其現也)

약불현야(若不現也)

번작이킥야(燔灼而喫也)

　「구지가」는 「김수로왕 신화」에 나오는 삽입 가요로 서기
42년 봄 3월에, 가락국의 9명의 간(干)이 백성 200~300명
을 거느리고 구지봉에서 김수로왕을 영접하기 위하여 흙을
파헤치며 부른 노래이다. 「구지봉영신가」, 「영신군가」라고

---

5 한역가(漢譯歌): 한문으로 번역한 가요.

도 불리는 「구지가」는 고조선 시대의 가요인 「공무도하가」
와 고구려 초기의 가요인 「황조가」가 개인적 서정을 노래
한 것과는 달리, 김수로왕의 강림6을 기원하는 집단 무요7
로 집단적 성격을 띠고 있다. 「구지가」는 그 해석에 있어서
학자들 간에 상당한 견해 차이를 보인다. ① 잡귀를 쫓는
주문으로 보는 견해, ② 영신제의8에서 출산 제의라는 이중
적 의미를 가진 집단제의에서 불린 노래라는 견해, ③ 영신
제9의 중요한 순서의 하나인 희생10 무용에서 불린 노래라
는 견해, ④ 원시인들의 강력한 성욕을 표현한 노래라는 견
해 등이 있다.

인간이 초자연적인 존재에 대해 인간의 욕망을 실현하고
자 하는 경우에는 초자연적 존재에 대해 예찬을 하지만 그
것이 실현되지 않을 경우 인간의 입장에서 위협하게 된다.
김수로왕을 맞이하기 위해 신령스러운 존재인 거북이를 부

---

6 강림(降臨): 신불(神佛)이 인간 세계에 내려옴. 하림(下臨).

7 무요(舞謠): 춤과 노래.

8 영신제의(迎神祭儀): 제사 때, 신을 맞아들이는 의식.

9 영신제(迎神祭): 신을 제단으로 모셔가기 전에 행하는 민간의식. 의례.

10 희생(犧牲): 천지나 종묘에 제사를 지낼 때 제물로 쓰는 살아 있는 소. 색이
순수한 소를 '희(犧)'라 하고 길함을 얻지 못해 죽이는 것을 '생(牲)'이라 한다.
남을 위해 자신의 목숨이나 재물, 또는 권리를 버리는 것을 말한다.

르는 것으로 시작되는 「구지가」에서 "만약 내밀지 않으면, 구워서 먹으리."라 하고 위협하는 주술11이 그것을 말해준다. 일종의 위협하는 주술에 관계된 노래로 보인다. "거북(龜)아 거북아"에서 '거북(龜)'는 신(神)의 의미에 해당하는 고대어이며, "머리(首)를 내밀어라"에서 '머리(首)'는 '생명' 또는 '수장' 즉, '우두머리'를 의미하는 말로 해석할 수 있다.

결론적으로 「구지가」의 기본적인 속성은 주가12이며 우두머리를 맞이하기 위한 종교적인 속성을 띠고 있는 집단 무요이고, 주술성을 지닌 노동요라고 할 수 있다. 한편 가사의 뜻과 표현 형식이 「구지가」와 비슷한 노래로, 신라 성덕왕(재위: 702년~737년) 때 바다용에게 끌려간 수로부인을 구출하기 위해 불렀다는 「해가」가 『삼국유사』 권2 『기이』2 '수로부인'조에 노래의 내력과 함께 전하고 있다.

성덕왕(재위: 702년~737년) **때 순정공이 강릉[지금의 명주이**

---

11 주술(呪術): 불행이나 재해를 막으려고 주문을 외거나 술법을 부리는 일. 또는 그 술법. 주법(呪法).

12 주가(呪歌): 초자연적인 존재의 신비한 힘을 빌려 재앙을 막거나 복을 빌기 위한 신앙 행위를 할 때 부르는 노래.

다.] 태수로 부임해가는 도중에 바닷가에서 점심을 먹었다. 바위 봉우리가 병풍과 같이 바다를 둘러쳐서 굽어보고 있었다. 높이가 천 길이나 되고, 그 위에 철쭉꽃이 활짝 피어 있었다. 순정공의 부인 수로가 그것을 보고 좌우 사람들에게 말하기를, "저 꽃을 꺾어다 줄 사람이 없을까?"라고 하였다. 종자[13]가 말하기를, "사람의 발길이 닿기 어려운 곳입니다."라고 하면서 모두 사양하였다. 그 곁으로 어떤 늙은이가 암소를 끌고 지나가다가 부인의 말을 들었다. 그 늙은이가 바위 위로 올라가, 그녀가 갖고 싶어 하던 그 꽃을 꺾어와 가사를 지어 함께 바쳤다. 그러나 그 늙은이가 어떤 사람인지 아무도 몰랐다. 다시 순정공 일행은 이틀째 길을 갔다. 또 임해정에서 점심을 먹고 있었는데, 바다의 용이 갑자기 나타나 부인을 낚아채 바닷속으로 들어가 버렸다. 순정공이 엎어지면서 땅을 쳐보아도 어찌할 도리가 없었다. 또다시 한 노인이 나타나 말하기를, "옛사람의 말에 여러 사람의 말은 쇠도 녹인다고 했으니, 이제 바닷속의 미물인들 어찌 여러 사람의 입을 두려워하지 않겠습니까? 마땅히 경내의 백성을 모아 노래를 지어 부르면서 막대기로 언덕을 치면 부인을 볼 수 있을

---

13 종자(從者): 남에게 딸리어 따라다니는 사람.

것입니다."라고 하였다. 순정공이 그의 말대로 하였다. 용이 부인을 받들고 바다에서 나와 그에게 바쳤다. 순정공이 부인에게 바닷속의 일을 물으니, 대답하기를, "칠보 궁전에 음식은 달고 향기로운 것이 깨끗하여 인간 세상의 음식이 아니었습니다."라고 하였다. 부인의 옷에는 이상한 향기가 풍겼는데, 이 세상에서는 맡아보지 못한 것이었다. 수로부인은 용모와 자색이 세상에서 뛰어나 깊은 산이나 큰 못을 지날 때마다 여러 번 신물에게 붙들려갔다. 여러 사람이 해가를 불렀는데 가사는 다음과 같다.

거붂아 거붂아 수로를 내어놓아라.
남의 부인 빼앗아 간 죄가 얼마나 크냐.
만약에 거역하고 내놓지 않는다면
그물로 잡아 구워 먹으리라.

구호구호출수로(龜乎龜乎出水路)
약인부녀죄하극(掠人婦女罪何極)
여약패역불출헌(汝若悖逆不出獻)
입강포략번지킥(入網捕掠燔之喫)

작가와 창작 연대 미상인 「해가」는 신라의 고대 가요로 내용과 주제가 금관가야의 고대 가요인 「구지가」와 비슷하다. 그러나 4언 4구의 사구체로 되어 있는 「구지가」보다 사구체지만 7언으로 되어 있는 「해가」가 그 내용이 「구지가」보다 구체적이다. 일반적으로 주술적 성격의 노래로 보는 「해가」의 해석을 둘러싸고 학자들 간에 견해 차이가 있다. ① 원시 신앙의 유풍을 이어받아 노래를 통해 주술적 힘을 발휘하게 했던 것으로 보는 견해, ② 인간과 인간에게 재앙을 준다는 나쁜 신인 악신의 갈등을 「해가」를 통해 해결하고자 한 것으로 본 견해, ③ 민심이 흉흉하고 흉년이 자주 들었던 성덕왕이 왕위에 있던 신라 당대의 민심을 수습하기 위해 불린 굿 노래라고 본 견해, ④ 「구지가」의 풍자적 개작으로 보는 견해 등이 있다.

그러나 「해가」의 해석에 있어서 「해가」가 「구지가」의 영향을 받았다는 것을 염두에 두어야 할 것이다. 두 작품의 주인공 이름이 수로이고, 가사가 거의 흡사하기 때문이다.

설화문학

신화는 사람들이 필요에 의해 만들어낸 이야기이긴 하지만 역사성이 풍부하며 당시의 사회 상황이 반영되어 있어

단순히 허황된 이야기로만 여겨서는 안 된다. 특히 건국 신화의 경우는 국가 형성과 관련지어 볼 때 일정한 역사성을 띠고 있기 때문에 주의 깊게 살펴볼 필요가 있다.

일반적으로 자신들의 시조를 정복 족장으로서 천제의 아들이나 일월의 아들로 여기고, 자기들을 천신족 또는 신성족으로 생각하는 것은 「단군 신화」 이래 신라의 「박혁거세 신화」나 금관가야의 「김수로왕 신화」와 북부여의 「해모수 신화」에도 보인다. 이들 신화의 기본 내용은 유이민 출신이 왕이 되고, 왕비는 대개 토착민 출신이 되는 것으로 서사 구조가 짜여 있다.

이러한 신화는 시기적으로 대체로 고대국가 초기 단계의 국가를 세우는 모습을 반영하고 있다. 「단군 신화」를 비롯하여 「박혁거세 신화」나 「김수로왕 신화」, 「해모수 신화」가 모두 천신의 손자가 인간 세상으로 내려온다는 뜻의 천손 강림 신화이다.

단군왕검이 대동강 유역 아사달에 고조선을 건국했다는 「단군 신화」는 일연의 『삼국유사』, 이승휴의 『제왕운기』 등에 실려 있다. 그 가운데 13세기 말에 승려 일연이 쓴 『삼국유사』의 기록이 가장 오래된 것이고 가장 자세하다. 청동기 시대를 시간적 배경으로 한 「단군 신화」는 우리 민족의 시조 설화로 널리 알려져 있다. 우리 민족이 최초로 나라를 세웠던 역사적인 사실을 신들에 대한 서사적 이야기인 설화의 형식으로 전하고 있는 「단군 신화」 속에는 단군이 '조선'이라는 우리나라 최초의 국가를 세웠다는 역사적 사실을 반영하고 있고, 당시 나라를 세운 사람들의 종교에 대한 생각이 잘 드러나 있다.

「해모수 신화」는 천제[14]의 아들 해모수가 북부여를 건국하는 이야기, 해모수와 하백의 딸 유화에 관한 이야기, 해부루가 동부여를 건국하는 이야기, 해부루의 아들 금와와 하백의 딸 유화와의 관계에 대한 이야기 등으로 서사 구조가 전개된다.

고구려 건국 신화에 대한 기록은 고구려 사람들이 직접 남긴 금석문 자료인 「광개토왕릉비문」, 고구려 광개토대왕 때 북부여 지방의 관리였던 모두루의 비석에 새겨 놓은 글인 「모두루묘지명문」 등이 있다. 기록에 따라 내용에 차이가 있는데, 가장 오래된 기록은 414년 광개토왕의 아들 장수왕이 세운 광개토왕릉비석에 새겨 놓은 글인 「광개토왕

---

14 천제(天帝): 하느님.

릉비문」이다.

가장 주목을 받을 만한 자료인 「광개토왕릉비문」의 서두에 "옛날 시조 추모왕이 창업의 기초를 닦으셨도다. 북부여에서 나오셨으니 천제의 아들이시고, 어머니는 하백의 따님이시다. 알을 가르고 세상에 태어나면서부터 성스러움을 지니고 있었다."라고 기록되어 있다. 주몽이 하늘의 최고 주재자인 천제의 아들이고 하백의 딸을 어머니로 하고 있다는 것을 밝히고 있다. 그리고 5세기 중엽 조성된 「모두루묘지명문」에도 주몽에 대한 기록이 보인다. 북부여를 세운 해모수왕과 유화부인 사이에 태어난 동명왕(재위: 서기전 37년~서기전 19년)은 어머니가 동부여 금와왕의 두 번째 부인이 되자, 동부여에서 성장한다. 첫 번째 왕비의 자식들인 7 왕자가 주몽을 죽이려 하자 동부여를 떠나 졸본 지역으로 내려와서 그곳의 토착 세력의 딸인 소서노와 결혼하고 고구려를 세운다.

신라의 건국 초기 신화로는 「박혁거세 신화」·「석탈해 신화」·「김알지 신화」 등이 『삼국사기』와 『삼국유사』에 실려 있다. 이 가운데 『삼국유사』 「기이」 '신라 시조 박혁거세 왕'에 비교적 자세히 소개된 「박혁거세 신화」는 건국 신화이고, 「석탈해 신화」와 「김알지 신화」는 시조 신화이다. 씨족 사회가 연합하여 서라벌 왕국을 형성해가는 과정을 반영하고 있는 「박혁거세 신화」가 제일 먼저 기록된 것은 『삼국사기』이다.

김해 지방에서 하나의 통합된 정치 집단이 등장하여 국가가 형성되는 과정을 전하는 「김수로왕 신화」는 토착 세력인 가락 9촌(村)의 구간(干)이 모여 구지봉에 하강한 황금알에서 나온 동자를 추대하여 수로왕으로 모셨다는 서사구조를 갖고 있다. 가락 9촌을 구간이 통치하던 사회를 구간 사회라고 하는데 국가 형성 단계로 볼 수 있다.

「김수로왕 신화」에서 거북에 대한 신앙과 제례를 통해 가락 9촌의 토착민들이 지모신15에 대한 의례를 갖고 있고, 「단군 신화」 및 「주몽 신화」 등에서 보이는 바와 같이 주인공이 하늘에서 내려오는 천강 신화적 요소와 알로 태어나는 난생 신화적 요소를 모두 갖추고 있다는 것을 알 수 있다. 그리고 구간보다 늦은 시기에 정착한 이주민 성격의 세력 집단으로 볼 수 있는 수로 집단으로 표상되는 금관가야 지배 계층의 관념이나 세계관 등이 한반도 북부의 고조선 주민들

---

15 지모신(地母神): 고대와 현대의 원시 종교에서 만물의 영원한 번식의 원천.

과 크게 다르지 않았다는 것을 말해주고 있다. 이것은 위만 조선이 멸망할 때, 고조선 유민들이 남하하여 한반도 남부에 정착하면서 진한과 변한 지역에 정치적 변동이 일어났다. 그 결과 진한 지역에는 사로국이 건국하게 되었고, 변한 지역에 는 가락국이 건국하게 되었다. 초기 금관가야 지배 계층은 고조선 유민들로 이루어졌다는 것을 유추할 수 있다.

금관가야 설화 가운데 「김수로왕 신화」와 「허왕후 신화」 이외에도 「어산불영 설화」·「금관성파사석탑 설화」 등이 문자로 기록되어 전승되고 있다.

「어산불영 설화」는 『삼국유사』 권3 「탑상」4 '어산불영[16]' 조에 실려 있다.

옛 기록에 이렇게 말했다.

만어산[17]은 옛날의 자성산[18]이요, 혹은 아야사산[마땅히 마야

---

16 어산불영(魚山佛影): 만어산 정상 부근의 만어사 미륵전 아래에 펼쳐진 넓은 암석 지대로 '어산(魚山)의 부처 그림자(佛影)'라는 뜻이 있다.
17 만어산((萬魚山): 경상남도 밀양시 단장면 법흥리와 삼랑진읍 우곡리·용전리의 경계선에 있다.
18 자성산(慈成山): 경상남도 밀양시 동쪽에 있는 산으로 옛 이름이 만어산(萬魚山)이라고 한다.

사로 써야 한다. 이는 물고기를 말한다.]이라고도 한다. 그 곁에 가라국이 있었다. 옛날에 하늘에서 알이 바닷가로 내려와 사람이 되어 나라를 다스렸으니, 곧 수로왕이다. 그때 그 나라 안에 옥지가 있었는데, 그 못 안에 독룡[19] 이 살고 있었다. 그리고 만어산에는 다섯 나찰녀[20]가 있었다. 나찰녀는 독룡과 서로 오가며 사귀었다. 그러므로 때때로 번개와 비를 내려 4년 동안 오곡이 익지 않았다. 수로왕이 주술로 이를 금하려 해도 되지 않았다. 머리를 조아리며 부처에게 설법을 청했다. 그케야 나찰녀가 오계[21]를 받았다. 그 후로는 재해가 없어졌다. 그 때문에 동해의 어룡이 마침내 골짜기 속에 가득 찬 돌이 되어 각기 종과 경쇠의 소리를 냈다.[이상이 옛 기록이다.]

우리나라에 불교가 전래된 때보다 3세기 이전을 시간적 배경으로 하는 「어산불영 설화」는 가자함의 『관불삼매경』[22] 권7에 나오는 북천축 가라국 불영의 이야기에서 옮

---

19 독룡(毒龍): 독기를 품은 용.
20 나찰녀(羅刹女): 고대 인도 종교에서 사람을 잡아먹고 악행을 저지르다가 붓다에게 귀의하여 불법을 수호한다는 불교 수호신.
21 오계(五戒): 재가 남녀가 지켜야 할 다섯 가지 규율로 불살생(不殺生), 불여취(不與取), 불사음(不邪婬), 불망어(不妄語), 불음주(不飮酒)를 말한다.

겨 온 것이다. 「어산불영 설화」의 시간적 배경이 아직 금관가야에 불교가 들어오기 전이라는 것을 감안할 때 역사적 사실과는 거리가 먼 것으로 후대에 형성된 설화이다. 「어산불영설화」는 만어사에 관한 전설로 두 가지 사상이 담겨 있다. 하나는 가라국도 불교의 도움을 받아 나라가 다스려지는 부처의 나라라는 불국토 사상이고, 또 하나는 불교 설화가 건국 설화를 밀어내는 과정을 보여 주면서 가라국의 김수로왕이 고민하던 일을 부처가 해결해 주었다고 하여 부처의 우위를 입증하고자 한 것으로 용왕, 천지신명, 임금 등도 모두 부처보다 못하다는 불교 우위의 사상을 보여주고자 한 것이라 할 수 있다.

『삼국유사』권3 「탑상」4 '금관성파사석탑'조는 『삼국유사』권3 「탑상」4 '어산불영'조와 마찬가지로 불교 전래와 관련된 기사가 쓰여 있다.

---

22 관불삼매경(觀佛三昧經): 『관불경(觀佛經)』이라고도 하며, 산스그리트어로는 buddha -dhyaha-samadhisagara-sutra라 한다. 이 경(經)은 중국 동진 시대의 불타발타라(佛陀跋陀羅, 각현, 359년~429년)가 398년에서 421년에 걸쳐 번역한 것이다.

금관23 호계사24의 파사석탑은 옛날, 이 고을이 금관국이었을 때, 시조 김수로왕의 비인 허왕후 황옥이 동한25 건무 24년 갑신(서기 48년)에 서역의 아유타국에서 싣고 온 것이다. 처음에 공주가 부모의 명을 받들어 배를 타고 바다를 건너 동쪽으로 가려 하였다. 바다신의 노여움에 막혀 항해를 계속할 수 없었다. 되돌아가 부왕에게 말했다. 부왕이 이 탑을 싣고 가라고 명했다.

허왕후 일행은 파사석탑을 배에 싣고, 쉽게 바다를 건너 가락국의 남쪽 해안에 정박하였다.

그 당시 허왕후 일행이 바닷가에 배를 대었을 때 붉은 돛, 붉은 깃발, 그리고 주옥 등 아름다운 것을 실었기 때문에 지금 주포라고 부른다. 그리고 처음 육지에 발을 디딘 다음에 산신령에게 예물로 벗어 바쳤던 곳은 능현이라고 하며, 붉은 깃발이 처음 들어왔던 해안은 기출변이라고 한다.

김수로왕이 허왕후를 맞아들여 함께 나라를 다스린 것이 150여

---

23 금관(金官): 지금의 경상남도 김해시 일대에 있었던 전기 가야의 중심지.

24 호계사(虎溪寺): 경상남도 김해시에 있었던 사찰.

25 동한(後漢, 25년~220년): 전한(前漢)이 신(新)나라의 왕망(王莽)에 의하여 멸망한 이후, 광무제(光武帝, 재위: 서기전 206년~서기전 195년) 유수(劉秀)가 한 왕조를 새로 일으킨 나라로 후한(後漢)이라고도 한다.

년이었다. 그러나 그 시대에는 아직 사찰을 세우고 불법을 받드는 사례는 없었다. 아마도 상교[26]가 아직 들어오지 못하여 이 땅의 사람들이 믿지 아니하였다. 그래서 본기[27]에도 절을 세웠다는 기록이 없는 것이다.

케8대 질지왕[28] 2년 임진(452년)에 이르러서야 그 땅에 절을 세웠다. 또 왕후사[이 일은 아도와 눌지왕[29]의 시대에 있었는데 법흥왕대 이컨의 일이다.]를 창건하여 오늘날에 이르기까지 여기서 복을 빌고 남쪽 왜(倭)를 진압했다. 이것은 『본국본기』[30]에 자세히 보인다.

탑은 모가 4면으로 5층이고 그 조각이 매우 기묘하다. 돌은 미세한 붉은 반컴 무늬를 띠고 있고 그 질은 매우 연하여 우리나라에서 나는 것은 아니다. 『본초』[31]에서 말하는 닭 볏의 피를 떨어뜨려 시험했다는 돌이 바로 이것이다.

---

26 상교(像敎): 불교의 다른 명칭.

27 본기(本記): 『가락국기』.

28 질지왕(銍知王): 금관가야의 제8대 왕. 재위 450년~492년.

29 눌지왕(訥祗王): 눌지마립간(訥祗麻立干). 신라의 제19대 왕. 재위 417년~458년.

30 본국본기(本國本記): 『가락국기』.

31 본초(本草): 『신농본초(神農本草)』의 줄임말이다. 후한(後漢, 25년~220년) 시대에 쓰인 것으로 보이는 책으로 365종의 약초를 기록하여 상중하품(上中下品)으로 나누었다.

금관국은 또한 가락국이라고도 하는데 본기에 자세히 실려 있다.

『삼국유사』 권3 「탑상」4 '금관성파사석탑'조에 따르면 파사석탑은 기원전 48년 허황옥이 고향인 아유타국을 떠나 가락국으로 올 때 바다의 풍파를 잠재우기 위해 싣고 온 것으로 전해진다. 파사석탑[32]은 석조 불탑으로 원래 호계사에 있던 탑을 조선 시대에 이르러 김해부사로 정현석이 "이 탑은 허황후께서 아유타국에서 가져온 것이니 허왕후릉에 두어야 한다."고 하여 현재의 자리에 옮겨놓았다. 한편, 이 탑에 대해서는 『신증동국여지승람』 권32 '김해도호부 고적'조에 "파사석탑은 호계 가에 있으며 5층이다. 돌 빛이 붉게 아롱졌으며 질은 좋으면서 무르고 조각한 것이 매우 기이하다. 전설에는, 허왕후가 서역에서 올 때 이 탑을 배에 실어서 풍파를 진정시켰다 한다."라고 기록되어 있다.

현재 김해 수로왕비릉 앞 파사각에 안치된 파사석탑은 4각형의 지대석 상면에 높직한 굄대가 있어 그 위에 6석의 부재

---

32 파사석탑(婆娑石塔): 한자음으로 '파사석탑'이라고 표기하나 산스크리트어로는 '바사석탑'이라고 한다. 파(婆)는 산스크리트 어로 바(bha)이며 그 뜻은 유(有)이고, 사(娑)는 발음이 사(sa)로서 그 의미는 체(諦), 즉 진실한 도리이다.

를 받고 있는데, 훼손과 마멸이 심해 각 부재의 측면과 하면 등에서 다양한 조각의 흔적을 확인할 수 있을 뿐이다.

중국 동북 지방-낙랑군·대방군 지역-김해 지역-일본으로 이어지는 교역망의 중간에 금관가야의 왕성인 봉황성이 있던 김해가 자리 잡고 있었다. 436년 북연이 멸망하는 시점까지 금관가야는 중국 동북 지방의 모용선비가 세운 전연·후연·북연의 삼연과 교류를 통해 중국 선진문물을 받아들여 국력을 키우고 한반도 남부의 여러 나라와 왜에 선진문물을 전파했다. 금관가야가 일찍부터 해상교통로를 이용해 중국 계통의 문물을 수입하고, 철을 수출하는 등 5세기 중엽에 이를 때까지 국제 교역을 활발하게 한 해상 왕국이었다는 역사적 사실을 고려하면 고구려와 백제가 이미 공인했던 불교를 수용하여 질지왕 2년 임진(452년)에 왕후사를 창건했다는 『삼국유사』의 기록을 인정할 수 있는 것이다.

한편 '금관성파사석탑'조의 기록에서 "왕후사[이 일은 아도와 눌지왕의 시대에 있었는데 법흥왕대 이전의 일이다.]를 창건하여 오늘날에 이르기까지 여기서 복을 빌고 남쪽 왜(倭)를 진압했다."라는 구절을 통해 왕후사가 복을 빌고 금관가야의 변경을 침입해 인적·물적 피해를 줬던 남쪽 왜를 진압하는 호국 사찰로 기능했다는 것을 추정할 수 있다.

17. 금관가야의 유민

김유신

  김유신의 조상은 532년에 멸망한 금관가야의 왕족이었
다.『삼국사기』·『삼국유사』 등의 기록에 의하면, 김유신의
아버지는 각간 김서현, 할아버지는 각간 김무력, 증조할아
버지는 구형왕, 고조할아버지는 겸지왕이었다. 김유신의 어
머니는 만명부인이었다. 만명부인의 증조할아버지는 지증
왕이었고, 할아버지는 진흥왕의 아버지인 입종 갈문왕[1], 아
버지는 숙흘종이었다.

  금관가야의 마지막 왕인 구형왕은 계화부인과의 사이에
아들을 셋 두었다. 맏아들의 이름은 김세종이었다. 그는 김
무력의 맏형. 그러니까 김유신의 큰할아버지다. 신라와 백
제가 2차 나제동맹을 맺고, 백제가 대가야까지 끌어들여

551년 고구려가 차지하고 있던 한강 유역에 대한 공격을 단행할 때 김세종은 거칠부를 비롯한 아홉 장군과 함께 참전해 한강 상류의 10군을 신라의 영토로 편입시켰다. 이때 백제는 한강 하류의 6군(郡)을 회복하였다. 이 공로로 파진찬이었던 김세종은 이찬으로 승진했다. 그는 「단양 신라 적성비」에 내례부라는 이름으로 이사부, 김무력 등과 함께 기록되어 있어서, 고구려 영역이었던 단양 지역에 공략할 때 참전했다는 것을 확인할 수 있다. 진지왕 4년(579년) 가을 8월 김세종은 이찬으로 상대등2이 되었다. 그는 진평왕 때 위화부3 · 선부서4 · 대감 · 제감 · 조부령 · 승부령 · 예부령 등의 관부를 설치하여 정치 제도를 완비하는 데 기여하였다.

구형왕의 셋째 아들의 이름은 김무력이었다. 그가 김유신의 할아버지였다. 신라의 법흥왕은 금관가야의 구형왕을 진골로 편입 시켜, 그가 다스리던 땅을 식읍으로 주었다. 진흥왕

---

2 상대등(上大等): 신라 때의 최고 벼슬로, 정권을 맡은 대신. 상신(上臣).

3 위화부(位和部): 관리의 위계 · 인사에 관한 사무를 맡던 관청으로, 진평왕 3년(581년)에 설치되었다.

4 선부서(船府署): 선박 · 항해관계의 업무를 관장하였다. 진평왕 5년(583년)에 설치되었다.

때 신라가 한강 유역으로 진출하는 데 큰 공을 세워 진흥왕 14년(553년)에 아찬으로서 김무력은 신주의 군주5가 되었다. 신주도행군총관이었던 김무력은 「단양적성비」에 무력지 아간 지로 기록된 후에 「창녕진흥왕척경비」에는 무력지 잡간6으로, 「북한산진흥왕순수비」에는 무력지 잡간으로, 「마운령진흥왕순수비」에는 무력지 잡간으로 기록되어 있다. 「단양적성비」의 기록에 따르면 진흥왕 15년(554년)에 그는 관산성7 전투에서 크게 승리했다. 이 전투에서 백제 성왕(재위: 523년~554년)과 좌평8 4명, 병졸 2만 9천 600명의 목숨을 빼앗는 전과를 올렸다. 그 뒤 김무력은 관등이 각간에 이르렀다.

김무력의 아들 김서현은 만노군9의 태수와 양주10 총관이 되어 백제와의 싸움에서 여러 차례 공을 세웠다. 그의 아내는 입종갈문왕의 손녀인 만명부인으로서 김유신을 낳았다. 딸인 김문희는 태종무열왕의 비(妃)가 되었다.

----

5 군주(軍主): 신라 때, 각 주(州)의 군대를 통솔하던 벼슬.
6 잡간(迊干): 신라 때, 십칠 관등 가운데 셋째 등급의 벼슬을 이르던 말.
7 관산성(管山城): 지금의 충청북도 옥천군 군서면에 있었던 백제와의 격전지인 신라의 성곽.
8 좌평(佐平): 백제 때, 십육품 관등(十六品官等)의 첫째 등급.
9 만노군(萬弩郡): 지금의 충청북도 진천군.
10 양주(良州): 지금의 경상남도 양산시.

진평왕 51년(629년) 김서현은 소판11으로서 김용춘 및 김유신 등과 함께 고구려의 낭비성12을 공격하여, 5천여 명을 죽이고 성을 함락시키는 전과를 올렸다.

김유신의 외가는 신라의 왕가였다.『삼국유사』「가락국기」의 기록에 의하면 김유신의 조상들은 이미 겸지왕 때부터 신라 귀족과 혼맥으로 이어져 있었다. 김유신은 금관가야의 왕족 출신이지만 신라인의 피가 흐르고 있었던 것이다.

김유신이 태어난 곳인 만노군에는 김유신의 태를 묻었다는 태령산이 있다. 김유신이 언제 만노군을 떠나 신라의 왕도인 금성으로 간 것인지 알 수 없다. 그는 태어난 뒤 유년기 시절 어느 즈음에 금성으로 간 것으로 추정된다.

진평왕 31년(609년) 김유신은 15세에 정식으로 화랑이

11 소판(蘇判): 신라 시대의 관등으로 잡판·잡찬이라고도 한다. 17관등 가운데 3등급으로,『삼국사기』에는 유리이사금 9년(32년)에 설치되었다고 하나 법흥왕 7년(520년) 율령공포 때 설치된 듯하다.

12 낭비성(娘臂城): 경기도 북부 지역 또는 충청북도 지역으로 비정되기도 한다.『대동지지』에서는 충주로 비정하였으며,『신증동국여지승람』등의 지리서들은 오늘날의 청주 지방을『삼국사기』의 낭자곡 혹은 낭비성이라고 기록하고 있다. 중당당주(中幢幢主):『삼국사기』권4「신라본기」4 '진평왕 51년'조의 기록에서 김유신의 당시 직함을 '부장군(副將軍)'으로 기록하고 있는 것으로 보아 중당당주는 중당(中幢)의 부대장을 의미하는 듯하다.

되었다. 그가 거느린 낭도 무리를 용화향도13라고 불렀다. 청소년 수련 단체인 화랑도는 신라의 위기 상황에 군부대에 배속되어 작전에 동원되기도 했던 전사 단체였다.

진평왕 28년(611년) 김유신의 나이 17세가 되었다. 당시 신라는 서쪽에서는 백제가, 북쪽에서는 고구려가 신라의 국경을 침범해 오는 일이 잦았다. 김유신은 중악14에 들어가 나라의 위급하고 어려운 상황을 이겨내려고 하였고, 난승15을 만나 방술16을 전수받았다.

진평왕 51년(629년) 고구려와 백제의 잦은 침공으로 피로해진 신라에 가뭄이 크게 들어 백성들이 굶주린 나머지 자녀를 파는 사태도 벌어졌다. 가을 진평왕은 이찬 임말리와 파진찬 김용춘과 백룡, 그리고 소판 대인과 김서현 등에게 군사를 주어 고구려의 낭비성을 공격하게 했다. 이때 김유신은 중당당주17로 참전하여 뛰어난 용맹으로 신라군을

---

13 용화향도(龍華香徒): 신라 진평왕 때 화랑 김유신을 따르던 낭도의 이름.

14 중악(中嶽): 신라에서 신성시한 산 중 중앙에 있는 산의 별칭이다. 중악을 경주시 서면 단석산으로 보는 견해도 있으나 확실하지 않다.

15 난승(難勝): 김유신이 삼국통일에 뜻을 품고 석굴에 들어가 기원할 때 나타난 선인(仙人).

16 방술(方術): 신선의 술법(術法)을 닦는 사람인 방사(方士)의 술법.

17 중당당주(中幢幢主): 『삼국사기』 권4 「신라본기」4 '진평왕 51년'조의 기록에서

승리로 이끌어 고구려군 5천여 명의 목을 베고 1천여 명을 사로잡는 전과를 올렸다.

선덕여왕 11년(642년) 가을, 백제의 의자왕(재위: 641년 ~660년)이 군사를 크게 일으켜 신라의 서쪽의 40여 성을 쳐서 빼앗았다. 같은 해 백제의 장군 윤충이 많은 군사를 거느리고 대야성18으로 쳐들어왔다. 대야성이 함락되고, 대야주 도독 김품석과 김춘추19의 딸 김고타소랑이 죽었다는 소식이 금성에 전해지자, 신라 조정과 백성들은 충격에 휩싸였다. 대야성 함락 사건은 김춘추가 대외적인 외교 활동을 펼치는 직접적인 동기가 되었다.

선덕여왕 11년(642년)부터 본격적으로 고구려와 백제가 신라를 침공했다. 선덕여왕의 구원 요청을 받은 당나라 태종이 신라의 사신에게 "여왕이 나라를 통치하기 때문에 권위가 없어 고구려·백제 두 나라의 침공을 당하게 되었다"고 말했다. 신라의 사신이 귀국하여 당나라 태종이 말한 것

김유신의 당시 직함을 '부장군(副將軍)'으로 기록하고 있는 것으로 보아 중당당주(中幢幢主)는 중당(中幢)의 부대장을 의미한다는 견해가 있다.

18 대야성: 경상남도 합천군에 있었던 신라 때의 고을(성) 이름.

19 김춘추(金春秋): 태종무열왕(太宗武烈王, 재위: 654년~661년). 신라 제29대 왕으로 신라 최초의 진골 출신 왕이다.

을 전하자, 신라 정계는 파문에 휩싸였다.

선덕여왕 13년(644년) 상장군의 지위에 오른 김유신은 백제 원정군의 최고 지휘관이 되어 전략상 요충인 가혜성·성열성·동화성 등 7개 성을 점령했다.

선덕여왕 16년(647년) 봄 정월에는 상대등 비담과 염종 등 진골 귀족들이 선덕여왕이 나라를 잘 못 다스린다는 구실로 반란을 일으켰다. 그러나 김춘추와 김유신이 이를 진압했다. 백제군이 무산·감물·동잠 등의 성을 공격하여 포위했다. 김유신은 보병과 기병으로 이루어진 군사 1만 명을 거느리고 나가 싸워 크게 승리하여 백제 병사 3천 명의 목을 벴다. 비담 등의 반란 진압 과정에서 금관가야계 출신인 김유신은 신라 중앙정부의 운명을 결정하는 데 큰 공을 세웠고, 또 그로 인하여 신라 중앙정부에 대한 그의 영향력도 커질 수 있었다.

태종무열왕 7년(660년) 봄 정월 김유신은 귀족 회의의 우두머리인 상대등이 되었다. 이제 그는 신라를 이끄는 중추적인 인물이 된 것이다. 대장군으로서 5만 정예군을 끌고 출정하여 백제를 멸망시켰다.

문무왕 원년(661년) 평양 근처에 와있던 당나라 장군 소정방의 요청에 따라 김유신은 문무왕의 명을 받고 고구려

강역을 통과하여 당나라 군대에게 식량을 조달했다.

문무왕 8년(668년) 여름 6월 21일 김유신은 고구려 정벌에 대당대총관이 되었으나 병과 노쇠로 인하여 출전하지 못하였다. 고구려 평정 공로로 겨울 10월 22일 태대각간[20]의 관등과 식읍 500호를 받았다.

문무왕 13년(673년) 가을 7월 1일 김유신이 죽었다. 문무왕[21]은 비단 1,000필과 조 2,000석을 주어 상사에 쓰게 하고, 금산원에 장사를 지내게 했다.

흥덕왕 10년(835년) 김유신이 흥무대왕에 추존[22]되고, 서악서원에 제향되었다.

정치적 실권을 쥐고 있던 김춘추는 확실하게 군사적 실권을 쥐고 있는 김유신의 도움이 필요했다. 김유신의 명성에 대해선 『삼국사기』「열전」'김유신'조에 기록되어 있다.

---

20 태대각간(太大角干): 신라 때, 대각간의 최고의 위계. 나라에 공로가 큰 사람을 예우하기 위한 것.
21 문무왕(文武王): 남북국시대 통일신라의 제30대 왕. 재위 661년~681년.
22 추존(追尊): 왕위에 오르지 못하고 죽은 사람에게 왕의 칭호를 올리는 것을 말한다. 추숭(追崇).

진덕여왕 원년(648년)에 김춘추가 고구려에 구원병을 청했다가 뜻을 이루지 못했다. 그 후 다시 당나라에 들어가 군사를 요청하였다. 당나라 태종(재위: 626년~649년)이 "너희 나라 김유신의 명성을 들었는데 그의 사람됨이 어떠하냐?"하고 물었다. 김춘추가 "김유신이 비록 재주와 지혜가 조금 있지만 만약 천자의 위엄을 빌리지 않는다면 어떻게 이웃 나라의 근심거리를 쉽게 제거해버릴 수 있겠습니까?"라고 대답했다. 태종이 "참으로 군자의 나라로구나."라고 말했다. 태종은 청병을 허락하고 장군 소정방에게 군사 20만을 주어 백제를 치러 가라는 조서를 내렸다.

김유신의 명성은 이미 당나라 태종조차 알고 있을 정도로 신라는 물론 당나라에까지 퍼져 있었던 것이다. 신라가 삼국통일을 하는데 결정적인 요인으로 작용한 것은 김춘추의 정치적·외교적 활동과 김유신의 군사적 능력 때문이었다.

문명왕후

신라 제29대 태종무열왕의 왕비인 문명왕후의 이름은

문희이며, 어릴 때 이름은 아지였다. 각간 김서현의 막내딸이며, 김유신의 둘째 여동생이다. 『삼국유사』 왕력편 '태종무열왕'조와 같은 책 '문무왕'조에는 훈제부인으로 되어 있으며 문명왕후는 시호이다.

문희의 언니 보희가 꿈에 서형산[23] 꼭대기에 올라앉아서 오줌을 누었더니 금성 안에 가득 찼다. 꿈을 깨어 아우 문희에게 꿈 이야기를 했다.

"내가 언니의 꿈을 사고 싶다."

문희가 웃음의 말을 하고는 비단 치마를 꺼내다가 꿈을 사는 값으로 보희에게 건네주었다. 그로부터 열흘이 지나 정월 보름날이 다가왔다. 문희의 오라버니 김유신이 자기 집으로 김춘추를 놀러 오게 했다. 선덕여왕의 6촌 동생인 김춘추는 김유신과 평소에도 가깝게 지내는 사이였다. 김유신과 김춘추는 축국[24] 경기를 하고 있었다. 그들은 축국 경기를 신나게 했다. 김유신은 일부러 김춘추의 옷자락을 슬쩍 밟았다. 그 바람에 김춘추의 옷자락이 터지고 말았다.

---

23 서형산(西兄山): 신라 사람들은 서형산을 신라 왕도의 서쪽을 지켜주는 신성한 산으로 생각하여 서악(西岳), 선도산(仙桃山)이라고도 불렀다.
24 축국(蹴鞠): 옛날 장정들이 공을 땅에 떨어뜨리지 않고 차던 놀이.

"내 집이 가까우니 가서 옷끈을 달자."

김유신이 말했다.

김유신은 김춘추와 함께 집에 갔다. 주연을 베풀고 조용히 보희를 불러 바늘과 실을 가져와 꿰매라고 하였다.

"터진 옷을 꿰매는 것은 사소한 일이 아니겠어요? 그런 일을 가지고 가벼이 귀공자를 가까이하겠어요."

보희가 사양해 나오지 않았다.

마침 그때 문희가 방문을 열고 들어왔다.

"네가 김춘추 어른의 터진 옷을 좀 꿰매 주겠느냐?"

김유신이 문희에게 말했다.

문희는 바늘과 실을 가지고 와서 김춘추가 있는 방 안에 들어갔다, 문희는 다소곳이 앉아 김춘추의 터진 옷을 꿰매 주었다. 김춘추는 옅은 화장과 산뜻한 옷차림에 빛나는 문희를 넋을 잃은 듯이 바라보았다. 그녀의 어여쁨은 김춘추를 눈부시게 했다. 문득 문희를 아내로 삼고 싶다는 생각이 들었다. 그날 이후 김춘추는 문희를 만나려고 김유신의 집을 자주 드나들었다. 그들의 사랑은 점점 깊어만 갔다. 마침내 문희는 김춘추의 아기를 갖게 되었다. 그러나 김춘추는 미루기만 하고 문희를 아내로 맞이해 갈 생각을 하지 않고 미적미적하고 있었다. 김유신은 하인들에게 장작을 마당으로 날라 오라고 명령했다. 하인들이 장작을 날라 오자, 마당에 지붕만큼 높이 쌓아놓도록 했다.

"부모에게 고하지도 않고 아이를 갖게 된 것은 어찌 된 일이냐?"

김유신이 문희를 꾸짖고 왕성 안에 누이를 태워 죽인다는 말을 퍼뜨렸다.

하루는 덕만공주가 남산으로 산책을 나왔다. 덕만공주의 행렬이 남산에 나타난 것을 본 김유신은 기다렸다는 듯이 장작더미를 마당 가운데 쌓아 놓고 불을 질러 연기를 냈다.

"저게 대체 무슨 연기요?"

덕만공주가 연기를 보고 물었다.

"김유신이 장작을 마당에 쌓아놓고 자신의 누이동생을 불태우려 하고 있습니다."

신하가 본 대로 아뢰었다.

다시 덕만공주가 연고를 묻자, 김유신의 누이동생이 지아비 없이 임신을 했기 때문이라고 하였다.

덕만공주는 김춘추가 문희와 가까이 지내고 있다는 소문을 듣고 있었다.

"빨리 가서 구해라."

덕만공주는 김춘추가 저지른 일임을 알고 있었다.

김춘추가 명을 받고 말을 타고 달려가 문희를 죽이지 못하게 하고는 그 자신의 뜻을 전했다.

곧 김춘추와 문희는 드러내놓고 혼례를 치렀다. 문희는 김춘추가 진덕여왕에 이어 왕위에 오르자 그의 비(妃)가 되었다. 문명왕후는 태종무열왕 김춘추 사이에서 태자 법민(뒤의 문무왕), 각간 인문·문왕·노차·지경·개원 등의 아들을 낳았다.

「보희 설화」는 김유신이 금관가야 왕족 출신 진골이고, 그의 어머니 만명이 신라 왕실 출신이었다고 해도 신라 왕실 출신 진골인 김춘추가 금관가야 출신 진골인 김서현의 딸과 결혼하는 것을 꺼렸다는 것을 보여주는 설화라고 할 수 있다.

금관가야의 왕족 출신인 김서현은 신라 왕족인 김숙흘종이 그의 딸 만명과 김서현의 결혼을 허락하지 않아 어려움을 겪었다. 신라의 귀족들은 금관가야 왕족 출신인 진골을 결혼 대상으로 여기지 않았다. 더구나 김숙흘종은 성골[25] 김씨 중에서도 격이 높았다. 김숙흘종은 입종 갈문왕과 지소부인의 아들로, 그의 형 김삼맥종은 큰아버지이자 외할아버지가 되는 법흥왕의 뒤를 이어 진흥왕으로 즉위했다. 당시 신라 왕족들은 자신들의 결혼 대상을 자신들의 핏줄인 진골과 성골 이외에서는 구하지 않았던 것이다.

김춘추와 김유신의 누이동생 문희의 혼례로 왕위에서 쫓겨났던 진지왕계의 김춘추와 신라에 항복하여 새로이 진골 귀족에 편입되었던 금관가야계 김유신의 정치적·군사적 결합이 이루어지게 되었다. 다시 말하면 진지왕계인 김용춘과 김춘추는 군사적 능력이 그들의 배후 세력으로 필요하였으며, 금관가야 국왕 김구형계인 김서현과 김유신은 김춘추계의 정치적 위치가 그들의 생존과 출세에 꼭 필요하였던 것이다.

김춘추가 왕위에 오르고, 그의 아들 문무왕대에 삼국통일 이루자, 금관가야 왕족 출신 진골인 이른바 신김씨(김해김씨)의 위상은 태종무열왕계 신라왕실의 모계로써 높아졌다. 문명왕후의 아들 문무왕은 문무왕 원년(661년) 봄 3월 조서를 내려 "그 나라26는 이미 멸망했으나 그27를 장

---

25 성골(聖骨): 신라 때 골품(骨品)의 하나. 부모가 다 왕족의 혈통을 지니고 있는 사람.
26 그 나라: 금관가야를 가리킨다.
27 그: 금관가야의 시조 김수로왕을 가리킨다.

례를 지내는 묘(廟)는 지금도 남아 있으니 종묘에 합해서 계속하여 제사를 지내도록 하라."고 명했다. 그리고 그 옛 궁터에 사자를 보내서 묘에 가까운 상전[28] 30경(頃)[29] 공양 밑천으로 삼아 왕위전[30]이라 부르고 본토에 소속시켰다.

이것은 금관가야 왕족 출신인 신김씨의 위상이 통일신라 사회에서 높아졌다는 것을 방증하는 것이다. 이에 대해 "그후 무열계 왕실은 가야계 신김씨와의 협력관계 속에서 찬란한 문화를 꽃피우면서 신라 중대의 전성기를 구가하였다. 신라의 삼국 통일과 비약적인 발전은, 차별을 딛고 일어선 가야 후손들의 지극한 노력에 의한 것이었다고 해도 과언이 아니니, 훗날 가야계 신김씨가 약화되면서 신라가 시들어간 것도 그 증거의 하나가 아닐까?"라는 견해가 있다.

---

28 상전(上田): 수확이 많은 좋은 밭.

29 경(頃): 삼국 시대와 고려 시대에 사용한 농토의 넓이 단위로 길이가 19.496센티미터 주척 64만평방척으로 그 넓이는 24,326제곱미터에 해당된다.

30 왕위전(王位田): 예전에, 왕묘의 제향을 위하여 따로 마련한 논이나 밭을 이르던 말.

강수

강수는 남북조 시대 통일신라 초기의 유학자이자 문장가
로 『삼국사기』 권46 「열전」6 '강수전'에 그에 관한 기록이
있다. 그는 임나가라 계통의 인물이었다. 532년 금관가야
가 신라에 항복할 때 그 왕족이 신라의 왕도 금성으로 이동
할 때 따라간 귀족층의 한 사람인 석체 내마의 아들이었다.
그 후 석체는 금성에서 신라의 국경 지역인 중원경 사량으
로 이주했다.

강수의 어머니가 꿈속에서 머리에 뿔이 돋친 사람을 보
고 임신하였다. 아기를 낳았는데 아기의 머리 뒤에 높은 뼈
가 있었다. 석체가 아기를 데리고 현자31에게 갔다.

"이 아이의 머리뼈가 이와 같으니 이것은 무슨 까닭입니
까?"

석체가 물었다.

"내가 들어보니 복희씨32는 호랑이의 형상이었고, 여와씨33

---

31 현자(賢者): 지혜와 학식이 있는 사람.
32 복희씨(伏羲氏): 중국 고대의 전설상의 제왕.
33 여와씨(女媧氏): 복희씨(伏羲氏)의 누이.

의 몸은 뱀과 같았고, 신농씨34는 소의 머리 모양을 하였고, 고요35는 말과 같은 입을 가졌다 합니다. 이렇듯 성현들은 다 같은 부류로서 그 생김새가 또한 보통 사람과 다른 바가 있었다고 합니다. 그런데 지금 이 아이의 머리를 보면 검은 사마귀가 있습니다. 상법36에 따르면, 얼굴에 검은 사마귀가 있으면 좋지 않으나, 머리에 검은 사마귀가 있으면 나쁘지 않다고 합니다. 이것은 반드시 기이한 것입니다."

현자가 대답했다.

석체가 아기를 안고 집으로 돌아왔다.

"이 아이는 보통 아이가 아니라 합니다. 잘 키우도록 하세요. 장차 꼭 나라에 뛰어난 인물이 될 거요."

석체가 아내에게 일렀다.

강수는 자라나면서 제 스스로 글을 읽을 줄 알고 의리37를 통달하였다. 석체가 강수의 뜻을 떠보기로 마음먹었다.

---

34 신농씨(神農氏): 중국 옛 전설 속의 제왕으로 삼황(三皇)의 한 사람. 농사법·의료·교역 등을 민중에게 가르쳤다 함.
35 고요(皐陶): 순(舜)의 현신(賢臣).
36 상법(相法): 관상을 보는 법.
37 의리(義理): 글 뜻.

"너는 불도38를 배우겠느냐? 유학을 배우겠느냐?"

석체가 물었다.

"제가 듣기로는 불도는 세상 밖의 가르침이라 합니다. 저는 세속의 사람이오니 어찌 불도를 배우겠습니까? 유자의 도(道)를 배우고자 합니다."

강수가 대답했다.

"그러면 네가 원하는 대로 해라."

석체가 말했다.

그리하여 강수는 스승에게 나가서 『효경』39・『곡례』40・『이아』41・『문선』42을 읽었다. 배워 들은 바는 비록 얕고 가까운 것들이나, 스스로 깨닫는 바는 더욱 높고 심원해서 우뚝하게 당대의 영걸43이 되었다. 드디어 벼슬길에

---

38 불도(佛道): ① 부처의 가르침. 법도(法道). ② 불과(佛果)에 이르는 길.

39 효경(孝經): 유교 경전의 하나. 공자와 증자(曾子)가 효도에 관하여 문답한 것을 기록한 책으로 13경(十三經) 중의 하나이다.

40 곡례(曲禮): 『예기(禮記)』 중의 한 편(篇). 곡례의 본래의 뜻은 행사(行事)의 경우 등에 몸가짐을 어떻게 할 것인가를 설명한 예법(禮法)을 말한다.

41 이아(爾雅): 13경의 하나로, 문자의 뜻을 고증하고 설명하는 사전적인 성격을 지닌 유교 경전.

42 문선(文選): 중국 양대(梁代)의 소명태자 소통이 진・한 이후 제(齊)・양(梁)대의 대표적 시・서(序)・부 등을 수록한 시문집.

43 영걸(英傑): 재지(才智)가 뛰어난 사람.

나아가 여러 관직을 역임하고 그 이름이 세상에 널리 알려졌다.

강수가 일찍이 부곡의 대장간 집 딸과 야합44하여 애정이 자못 깊었다. 나이 20세가 되자, 부모가 읍중에 사는 얼굴도 예쁘고 행실이 단정한 아가씨를 중매하여 배필로 삼게 하려 했다. 강수는 두 번 장가들 수는 없는 일이라면서 거절하였다.

"너는 세상에 이름이 나서 국인45이 모르는 사람이 없는데, 미천한 여자를 배필로 삼는다면 수치스러운 일이다."

석체가 노하여 말했다.

"가난하고 천한 것은 부끄러운 일이 아니옵니다. 학문을 배우고서 그 학문을 실행하지 않는 것이 정말 부끄러운 일입니다. 제가 일찍 들은 바에 의하면 '가난하고 천할 때에 같이 고생하던 부인은 저버리지 않아야 하며, 가난할 때 사귄 벗은 잊어서는 안 된다'고 하였습니다. 그러하오니, 비록 천한 아내라도 차마 버리지 못하겠나이다."

---

44 야합(野合): 남녀가 서로 정을 통함.
45 국인(國人): 한 나라의 사람. 국민.

강수가 일어나 두 번 절하고 말했다.

태종무열왕이 왕위에 오른 뒤 당나라에서 사신이 와서 조서를 전하였다. 그 가운데 해독하기가 어려운 곳이 있었다. 태종무열왕이 강수를 불러 물어보았다. 태종무열왕 앞에서 조서를 한 번 보고는 그 의문되던 것을 해석하여 설명하여 의심스럽거나 막히는 바가 없었다. 태종무열왕이 놀라고 기뻐하면서 서로 늦게 만난 것을 한탄했다.

"경(卿)의 성명은 무엇인가?"

태종무열왕이 물었다.

"신(臣)은 본래 임나가라 사람으로 이름은 우두라 하옵니다."

강수가 대답했다.

"경(卿)의 두골을 보니 강수 선생이라 칭할 만하구나."

태종무열왕이 말했다.

태종무열왕은 당나라 황제의 조서에 감사하는 회신의 표문을 강수에게 짓도록 했다. 그 글이 잘 짜이고 뜻이 곡진하였다. 왕이 더욱 기특하게 여겨 그 이름을 부르지 않고 다만 임생이라고 불렀다.

강수가 일찍이 생계를 도모하지 않아서 집안이 가난하였지만, 태연하였다. 왕이 유사에게 명하여 그에게 해마다 신성의 조46 100석을 주도록 했다.

"강수가 문장에 관한 일을 스스로 감당하여 능히 서한으로 중국과 고구려·백제 두 나라에 우리의 뜻을 잘 나타내어 전달한 까닭으로 서로 우호를 맺는 데 성공하였다. 우리 선왕께서 당나라에 군사를 청하여 고구려와 백제를 평정한 것은 비록 군사적 공로라고 하지만, 또한 문장의 도움도 컸으니, 어찌 강수의 공로를 소홀히 생각할 수 있겠는가?"

문무왕(재위: 661년~681년)이 말했다.

문무왕은 강수에게 사찬47 벼슬을 주고 녹봉을 더하여 해마다 조(租) 2백 석으로 하였다.

신문왕(재위: 681년~692년) 때 강수는 세상을 떠났다. 장례 지낼 때 관에서 부의를 제공하였는데, 의물48 · 필단49이 더욱 많았다. 집안사람들이 사사로이 갖지 않고 이것을 모두 부처님께 바쳤다. 그 아내가 식생활이 어려워 향리로 돌

---

46 조(租): 공부(貢賦)의 하나. 전세(田稅).

47 사찬(沙湌): 신라 때, 십칠 관등(十七官等)의 여덟째 관등. 일길찬(一吉湌)의 아래, 급벌찬(級伐湌)의 위임.

48 의물(衣物): 옷가지.

49 필단(匹段): 피륙. 필로 된 베 · 무명 · 비단 등의 총칭.

아가려고 하였다. 대신들이 그 말을 듣고 왕에게 청하여 조(租) 100석을 내려주었다.

강수의 아내가 사양하며 말하기를, "내가 그동안 미천한 몸으로 의식을 남편에게 의지하였으며, 나라의 은혜를 받은 바가 많았습니다. 지금 이미 혼자 몸이 된 마당에 어찌 감히 다시 후한 사물50을 받을 수 있겠습니까?" 하며, 받지 않고 향리로 돌아갔다.

어릴 때 이름이 우두이고 호가 임생인 강수의 부모는 임나가라 출신이었다. 불교를 인간 세상을 떠난 종교라 생각한 그는 어려서부터 유학에 뜻을 두었다. 강수가 그 당시 신라 사회에서 힘이 미약한 유학에 뜻을 둔 것은 진골 중심의 신라 사회에서 육두품 이하의 귀족으로 편입된 그의 집안의 분위기에 영향을 받은 것이었다. 강수가 이렇게 신분이 낮은 여자를 그의 아내로 삼은 것은 신라의 전통적 윤리관과 골품제에 입각한 신분 제도에 그 자신이 비판적인 생각을 하고 있었기 때문이었다.

---

50 사물(賜物): 임금이 하사하는 물건.

강수가 그 당시 불교가 국교인 신라 사회에서 힘이 미약한 유학에 뜻을 둔 것은 진골 중심의 신라 사회에서 육두품 이하의 귀족으로 편입된 그의 집안의 분위기에 영향을 받은 것이었다. 그가 주로 읽은 것은 『효경』, 『곡례』, 『이아』, 『문선』 등이었다. 중국 사회의 기본 윤리를 말하고 있는 『효경』과 고대 의례인 「곡례」, 어휘의 어미를 해석한 오늘날의 사전과 같은 『이아』와 한문학 명작을 뽑아 엮은 『문선』 등을 통하여 유교적인 실천 사상과 문자와 문학사상에 관한 것을 배웠다.

태종무열왕 1년(654년) 당(唐)나라의 사신이 가져온 난해한 국서를 해석하고, 당나라에 보내는 답서를 잘 써서 태종무열왕으로부터 신임을 얻었다. 삼국통일 이후에도 당나라와 고구려·백제에 보내는 외교 문서를 전담하였고, 신문왕 2년(682년) 국학이 처음 설치되었을 때 그는 설총과 함께 제자들에게 9경을 가르쳤다. 실천적 유교 사상을 지니고 있었던 강수는 우리나라 유교의 시조라고 할 수 있다.

강수는 제문·수진·양도·풍훈·골답 등과 함께 남북조 시대 통일신라 초기의 6대 문장가라 일컬어 왔다.

진경대사 심희

　남북조시대 통일신라 말 구산선문51의 하나인 봉림산파52
의 개창자인 진경대사 심희(855년~923년)는 문성왕(재위:
839년~857년) 15년(853년)에 태어났다. 진경대사의 본래 이
름은 심희이고, 속세에서의 성은 신김씨이다. 임나가라의
왕족으로 김유신의 후손이었다.

　경문왕 2년(862년) 심희는 9세가 되던 해 고달사53에 머물
던 원감대사 현욱54을 찾아가 출가했다. 경문왕 8년(868년)
에 현욱은 간략히 그에게까지 이어진 선법55의 맥을 설명하

---

51 구산선문(九山禪門): 신라 말기부터 고려 초기까지 중국 달마의 선법을 이어받아
　그 문풍(門風)을 지켜 온 아홉 산문(山門). 곧 실상산문(實相山門), 가지산문(迦
　智山門), 사굴산문(闍崛山門), 동리산문(桐裏山門), 성주산문(聖住山門), 사자산
　문(獅子山門), 희양산문(曦陽山門), 봉림산문(鳳林山門), 수미산문(須彌山門)을
　말한다.
52 봉림산파(鳳林山派): 신라 선종 구산(禪宗九山)의 하나. 현욱(玄昱)의 제자 심희
　(審希)가 효공왕 때 지금의 경상남도 창원군 상남면에 봉림산사(鳳林山寺)를 창
　건하여 성립된 종파이다.
53 고달사(高達寺): 지금의 경기도 여주시에 터가 남아 있다.
54 현욱(玄昱, 787년~868년): 헌덕왕 16년(824년)에 당나라에 건너가 마조도일
　(馬祖道一)의 문하인 장경 회휘(章敬懷暉)의 법(法)을 이었다. 헌강왕 2년(837
　년)에 귀국하여 실상사에 머물렀다. 문성왕 2년(840년) 문성왕의 청에 따라 혜
　목산 고달사에 주석했다.
55 선법(禪法): 참선하는 법.

고 심희에게 "너에게 마음의 등불을 전하니 내가 부촉56한 것을 법신(法信)으로 삼으라"(「진경대사보월능공탑비문」)는 당부와 함께 심인57을 전하였다. 또한 그는 심희에게 이 법을 믿고 부지런히 정진할 것을 당부한 뒤 입적하였다.

경문왕 12년(872년) 심희는 19세가 되던 해 구족계58를 받고, 명산 절경을 돌아다니며 현관59을 참예했으며, 현욱의 가르침을 받았다는 것을 들어 중국 유학의 필요성을 인정하지 않았다.

진성여왕 2년(888년) 심희는 고달사를 떠나 송계산 송계선원60에 머물면서 좌선에 몰두했다. 도(道)를 구하고자 하는 학인61들이 모여들었다. 그 뒤 설악산으로 옮겨 선객62을 접하였고, 진성여왕(재위: 887년~897년)이 궁궐로 청했

---

56 부촉(咐囑): 부탁하여 맡김.

57 심인(心印): 부처님의 깨달음을 도장에 비유한 말. 모두가 깨달을 수 있다는 확고한 믿음.

58 구족계(具足戒): 비구와 비구니가 지켜야 할 계율.

59 현관(玄關): 참선으로 드는 어귀. 깊고 묘한 이치에 드는 관문(關門)을 뜻한다.

60 송계선원(松溪禪院): 위치는 알 수 없다. 지금의 전라남도 강진군에 있었다는 견해가 있다.

61 학인(學人): 도(道)를 배우는 사람.

62 선객(禪客): ① 출가자와 재가자를 불문하고 참선 수행을 하는 사람. ② 선(禪)에 대한 논객(論客).

으나 부름을 사양하고, 명주63로 가서 머무르며 산사에 의
지했다. 얼마 뒤 그는 김해의 진례성으로 갔다. 진례성제
군사 김율희64가 성안에서 정진할 수 있는 처소를 지어 심
희를 머물러 있게 하였다. 그곳은 참선65을 수행하는데 가
장 적합한 곳이었으므로 선우66를 창건하고 봉림사라 하
였다. 이때 효공왕(재위: 897년~912년)은 정법대덕 여환을
파견하여 경배의 뜻을 표하였다. 원래 그 자리는 지김해부
진례성제군사명의장군 김인광67이 창건한 선종 사원이었

---

63 명주(溟州): 지금의 강원도 강릉시.

64 김율희(金律熙): 원래 김해 지방의 가장 유력한 호족 세력은 지김해부진례성제
　　군사 명의장군 김인광이었다. 효공왕 10년(906년)을 전후해 새로 등장한 소충
　　자(일명 소충지)·소율희 형제가 김인광을 몰아내고 소충자가 대신 김해부지군
　　부사가 되었다. 그 뒤 소율희(蘇律熙)는 김율희(金律熙)로 이름을 고쳤는데, 김
　　율희는 '쇠유리'의 한자 표기로서, 신라 말기에 와서 전래성(傳來姓)을 갖고 있
　　지 못했던 지방의 피지배층 사이에서 대두하던 호족 세력들이 새로운 성을 가
　　지게 되는 모습을 나타내고 있다고 보는 견해가 있다.

65 참선(參禪): 좌선(坐禪) 수행을 함. 선(禪)을 참구(參究)함.

66 선우(禪宇): 절. 사찰.

67 김인광(金仁匡): 봉림사의 건립을 후원하여 선종9산의 하나인 봉림산파의 후견
　　인 구실을 한 김인광은 「봉림사진경대사보월능공탑비문(鳳林寺眞鏡大師寶月凌
　　空塔碑文)」에 의하면 지김해부진례성제군사명의장군(知金海府進禮城諸軍事明義
　　將軍)의 칭호를 가지고 있었다. 김해소경(金海小京)의 관리였던 것으로 보이는
　　그는 호족으로서 김해와 창원의 경계지대에 진례성을 쌓고 인근 지방을 지배했
　　고, 신라 말기에 새로 대두한 구금관가야왕족의 후예인 신김씨(新金氏)로서, 세
　　력을 떨치다가 몰락했다.

으나, 그가 몰락하여 폐허가 되었다가, 심희가 김율희의 후원으로 선문을 다시 일으킨 것이었다. 구산선문 중 하나인 봉림산문은 이때부터 그 선풍이 크게 선양되었다.

경명왕(재위: 917년~924년)은 심희의 덕을 사모하여 청하고자 하였으나 쉽게 움직이지 않자 흥륜사 상좌승려 언림과 중사성 김문식으로 하여금 후한 예로써 그를 모셔 올 것을 명했다. 경명왕 2년(918년) 심희는 산문을 나서 금성으로 갔다. 경명왕은 그를 왕궁으로 맞아들여서 사자[68]의 예를 표하고 설법을 청하였다. 그는 나라를 다스려 백성을 안정하게 하는 도리를 설법하였다. 설법이 끝난 뒤 경명왕은 그에게 법응대사라는 존호를 주었다. 곧 그는 봉림사로 다시 돌아와서 제자 양성과 중생 구제에 주력하다가 경명왕 7년(923년) 여름 4월 24일 그의 나이 70세, 법랍 52세로 입적했다. 그의 문하에는 찬유·경질·융체·홍준 등 500여 명이 있었다. 이들을 통해 심희의 선풍은 그가 입적한 후에도 크게 진작되었다. 그의 시호는 진경대사, 탑호[69]는 보월능공이다.

---

68 사자(師資) : 스승의 덕.
69 탑호(塔號): 스님의 별호.

봉림사진경대사보월능공탑이 보물 제362호로 지정되어 있으며, 봉림사진경대사보월능공탑비가 보물 제363호로 지정되어 경복궁에 있다. 「봉림사진경대사보월능공탑비문」에는 임나가라 즉, 금관가야의 후손을 '임나 왕족'이라고 지칭하고 있다. 신라 사람들은 임나가 김해 지방에 490년간 존속하였던 금관가야를 달리 부르는 이름이라는 것을 알고 있었다는 것을 말해주고 있는 것이다.

김유신의 후손인 진경대사 심희가 그 자신의 연고지인 김해로 돌아와 그 지방의 호족인 진례성제군사 김율희의 후원을 받아 선문을 다시 일으켜 선풍을 크게 선양한 것은 주목할 만한 일이다.

『삼국유사』 권2 「기이」2 '가락국기'조에 김수로왕묘의 제사권을 둘러싼 대립 기록이 실려 있다.

신라 말년에 잡간 충지[70]란 자가 있었는데 금관성을 공격하여

---

70 충지(忠至): 「태자사랑공대사백월서운탑비문(太子寺朗空大使白月栖雲塔碑文)」에 나오는 '김해부소공충자지부(金海府蘇公忠子知府)', 즉 김해 지방에 토착하던 호족 소충자(蘇忠子)로서, 효공왕 10년(906년) 전후에 호족으로 등장하여 효공왕 15년(911년) 이전에 물러났다.

빼앗고 성주장군[71]이 되었다. 이때 아간[72] 영규[73]라는 자가 성주장군의 위엄을 빌어 김수로왕묘의 제사를 빼앗아 함부로 제사를 지냈다.[74] 단옷날을 맞아 영규가 사당에 제사를 지내다가 대들보가 이유 없이 부러져 떨어져 깔려 죽고 말았다.

"다행히 전세[75]의 인연으로 해서 외람되이 성왕이 계시던 국성(國城)에 제사를 지내게 되었으니 마땅히 나는 그 진영[76]을 그리고 향(香)과 등(燈)을 바쳐 그윽한 은혜를 갚아야겠다."

성주장군이 혼잣말했다.

그리고는 교견[77] 3척(尺)을 가지고 진영을 그려 벽 위에 모셔 두고 아침저녁으로 촛불을 켜 놓고 공손히 받들었다. 그렇게 한

---

71 성주장군(城主將軍): 신라 말, 지방 호족들이 그 지방을 무력으로 점령하고 일컫던 칭호.

72 아간(阿干): 신라 때, 17관등(十七官等) 가운데 여섯째 등급(等級)의 벼슬을 이르던 말로 육두품이 오를 수 있었던 가장 높은 관등이다.

73 영규(英規): 소충자(蘇忠子)가 김해 지방의 성주 장군이었던 시기에 그의 부장이나 제사 담당관을 지낸 인물로 추정된다.

74 장군의 위엄을 빌어 묘향(廟享)을 빼앗아 함부로 제사를 지냈다.: 영규(英規)가 지내려던 제사의 성격을 두고, 충지나 영규 등이 받들던 토속신앙이거나 그들의 조상신으로 보는 견해가 있고, 그대로 수로왕에 대한 제사였을 것으로 보는 견해가 있다.

75 전세(前世): 전생(前生).

76 진영(眞影): 주로 얼굴을 그린 화상.

77 교견(鮫絹): 남해 지방에서 생산되는 비단.

지 겨우 3일 만에 진영의 두 눈에서 피눈물이 흘러내려서 땅바닥에 흥건히 고였는데 그 양이거의 한 말 정도가 되었다. 성주장군은 매우 두려워하여 그 진영을 받들어 사당을 나가서 불태우고 곧 김수로왕의 직계 자손 규림을 불렀다.

"어제는 상서롭지 못한 일이 있었는데 어찌하여 이런 일들이 거듭 일어나는 것인가? 이는 필경 사당의 위령[78]이 내가 진영을 그려서 모시는 것이 공손하지 못하여 진노한 것이다. 영규가 이미 죽었고 나도 몹시 괴이하고 두려워 진영도 이미 불태워 버렸으니 반드시 신의 노여움을 살 것이다. 경은 왕의 직계 자손이니 전에 하던 대로 제사를 받드는 것이 옳겠다."

성주장군이 말했다.

이리하여 규림이 대를 이어 제사를 지내다가 나이 88세가 되어 죽었다. 그의 아들 간원경이 이어서 제사를 지냈다. 사당을 배알하는 단옷날 제사에 영규의 아들 준필[79]이 또 미친 증세가 일어나, 사당으로 와서 간원이 차려 놓은 제물을 치우고서 자기

---

78 위령(威靈): 위엄이 있는 신령.

79 영규의 아들 준필(俊必): 영규(英規)의 아들인 준필이 영규가 죽은 한참 뒤에도 김해 지방에 함께 살고 있으며 영규가 김수로왕의 진손(眞孫)이 아니라는 것이 언급되는 것으로 보아, 그들은 김수로왕 후손 집단의 방계 인물로 보인다는 견해가 있다.

가 제물을 차려 제사를 지냈는데 삼헌[80]을 끝내기도 전에 갑자기 병이 나서 집에 돌아가서 죽고 말았다. 그래서 옛사람들이 '음사[81]에는 복이 없고 도리어 재앙을 받는다.'라고 했는데, 전에는 영규가 있고 뒤에는 준필이 있으니 이들 부자를 두고 말하는가 보다.

『삼국유사』 권2 「기이」2 '가락국기'조의 기사에 의하면 김수로왕릉의 제사권을 둘러싼 다툼에서 김율희(소율희)의 형 소충지가 김수로왕의 직계 후손들에게 패배해 토착 세력인 금관가야 왕족의 후손들을 인정할 수밖에 없었다. 이것은 금관가야 왕족의 후손들이 신라 지배 세력으로부터는 도태되었어도 금관가야의 옛 땅인 김해 지역의 지배권을 여전히 유지하고 있다는 것을 말해주고 있는 것이다.

---

80 삼헌(三獻): 제사 지낼 때 술잔을 세 번 올리는 일.
81 음사(淫祀): 제사를 지낼 수 없는 사람이 억지로 지내는 제사를 가리킨다.

18. 임나일본부 문제와 가야사 연구의 현재

임나일본부 문제

한편 가야사에서 짚고 넘어갈 문제 하나가 있다. 이른바 4세기경 왜가 한반도 남부에 세웠다는 임나일본부 문제가 바로 그것이다. 『일본서기』 권9, 「신공황후」 '49년'조는 '임나일본부' 문제에 중심이 되는 사료이다.

신공황후 섭정 49년(249년) 봄 3월에 아라타 와케[1]와 가가 와케[2]를 장군으로 삼아 구저 등과 함께 군사를 이끌고 바다를 건너가 탁순국에 이르러 신라를 습격하려고 하였다.

---

1 아라타 와케: 황전별(荒田別). 상모야씨(上毛野氏) 조상으로 응신기(應神紀) 15년 8월'조에는 가무나키 와케(巫別)와 함께 백제에 사신으로 가서 왕인(王仁)을 데리고 왔다고 기록되어 있다.

2 가가 와케: 녹아별(鹿我別). 상모야씨(上毛野氏) 조상으로 응신기(應神紀) 15년 8월'조에는 아라타 와케(荒田別)와 가무나키 와케(巫別)가 함께 백제에 사신으로 가서 왕인(王仁)을 데리고 왔다고 기록되어 있다. 가무나키 와케(巫別)가 가가 와케(鹿我別)와 같은 사람인지 여부는 알 수 없다는 견해가 있다.

"병졸의 무리가 적어서 신라를 깨뜨릴 수 없소. 다시 사백과 개로3를 보내어 군사를 증원해주도록 요청하십시오."

그때 어떤 사람이 말했다.

그래서 곧바로 목라근자4와 사사노궤5[두 사람은 그 성(姓)을 모른다. 다만 목라근자는 백제 장군이다.]에게 명하여 정병6을 이끌고 사백·개로와 함께 가도록 했다. 그리하여 모두 탁순에 모여 신라를 공격해 깨뜨렸다. 그리하여 비자발·남가라·탁국7·안라·다라·탁순8·가라의 7국을 평정했다. 거듭하여 군사들을 옮겨 서쪽으로 돌아 고해진9에 이르러 남쪽의 오랑캐 탐미다례10를 무찔러 백제에게 주었다. 이에 백제 왕 초고(肖古)와 왕자 귀수11가

---

3 사백(沙白)과 개로(蓋盧): 백제 사람의 이름으로 추정된다.

4 목라근자(木羅斤資): 백제의 동, 남부 강역을 확장하는 데 중요한 역할을 한 백제의 장군.

5 사사노궤(沙沙奴跪): 백제의 장군으로 추정되는 인물이다. 목라근자와 함께 왜군을 이끌고 신라를 침공하였다.

6 정병(精兵): 우수하고 강한 군사. 정갑(精甲). 정졸(精卒).

7 탁국(喙國): 탁기탄(喙己呑)이라고도 한다. 지금의 경상남도 창녕군 영산면과 남지읍 일대로 비정하는 견해와 경상북도 경산시 일대로 보는 견해가 있다.

8 탁순(卓淳): 경상남도 창원시로 비정하는 견해와 대구광역시로 비정하는 견해가 있다.

9 고해진(古奚津): 전라남도 강진군으로 비정하는 견해와 해남군 미산면으로 비정하는 견해가 있다.

10 탐미다례(忱彌多禮): 제주도로 보는 견해가 있다. '침미다례'라고도 읽는다.

11 귀수(貴須): 백제 제14대 근구수왕.

군사를 이끌고 와서 모였다. 이때 비리[12]·벽중[13]·포미지[14]·반고[15]의 4읍이 스스로 항복하였다. 그래서 백제 왕 부자와 아라타와케·목라근자 등이 의류촌[16][지금은 주류수기[17]라 한다.]에서 함께 서로 만나 기뻐하고 후하게 대접하여 보냈다. 오직 치쿠마 나가히코[18]과 백제 왕은 백제국에 이르러 벽지산[19]에 올라가 맹세를 하였다. 다시 고사산[20]에 올라가 함께 반석 위에 앉았다.

"만약 풀을 깔아서 자리를 만들면 불에 탈까 두렵고, 또 나무로 자리를 만들면 물에 떠내려갈까 두렵소. 그러므로 반석에 앉아 맹세하는 것은 영원히 썩지 않을 것임을 보여 주는 것이오. 이제부터는 천년만년 영원토록 언제나 백제를 서번[21]이라고 칭하면서 봄가을로 일본 황실에 조공하겠나이다."

---

12 비리(比利): 지금의 전라북도 군산시로 비정하는 견해가 있다.
13 벽중(辟中): 지금의 전라북도 김제시.
14 포미지(布彌支): 지금의 충청남도 공주시로 보는 견해가 있다.
15 반고(半古): 지금의 전라남도 나주시 반남면으로 보는 견해가 있다.
16 의류촌(意流村): 백제의 한성 시대 왕도인 위례성, 즉 한성을 가리킨다.
17 주류수기(州流須祇): 백제 멸망 당시 백제 부흥군이 거점으로 삼고 있던 주류성을 가리킨다.
18 치쿠마 나가히코: 천웅장언(千熊長彦). 왜(倭)의 사신.
19 벽지산(辟支山): 전라북도 김제시에 있는 산으로 비정된다.
20 고사산(古沙山): 전라북도 정읍시 고부면에 있는 산으로 비정된다.
21 서번(西蕃): 서쪽의 오랑캐. 오랑캐가 사는 땅.

백제왕이 맹세하며 말했다.

그리고 치쿠마 나가히코를 데리고 왕도 아래에 이르러 후하게 예우를 더하고 구저 등을 딸려서 보냈다.

넓은 의미에서 임나란 대체로 낙동강 유역에 자리 잡고 있던 가야 지역을 가리키는 말이었고, 좁은 의미에서는 금관가야를 가리키는 말이었다. 임나가 지역을 가리키는 명칭이라면 '임나일본부'란 일본이 가야 지역에 설치한 행정 기관을 뜻하게 되는 것이다. 임나일본부란 명칭은 일본의 옛 역사서인 『일본서기』에 상당히 많이 나오지만 우리나라 옛 역사서에는 단 한 군데도 나오지 않는다. 19세기 후반에 한국을 침략함으로써 서구 열강 위협의 돌파구를 찾으려 했던 정한론[22]이 일본의 정치계에 대두되면서, "4세기경 고대 야마토 조정이 한반도 남부를 지배했다."는 인식이 일본인들 사이에 널리 퍼졌다.

임나일본부의 실체가 무엇인가에 대해 한국과 일본 학계의 연구를 요약하면 다음과 같다.

---

22 정한론(征韓論): 1870년대를 전후로 일본 정부에서 일어났던 조선 정복에 대한 주장.

① 왜(倭)의 출선기관설23이 있다. 고대의 일본이 4~6세기의 200년간에 걸쳐 한반도 남부를 근대의 식민지와 같이 경영하였는데, 그 중심적 통치기관이 임나일본부였다고 해석하여, 이른바 고대 일본의 남선경영론24의 골자를 이루었던 견해였다. 이 설에 따르면 왜 왕권은 금관가야에 임나일본부라는 통치기관을 두고 임나(가야) 지역에 대해서는 직접 지배를, 백제와 신라에 대해서는 간접 지배 체제를 구축했다는 것이다. ② 가야의 왜인설이 있다. 선사 시대부터 가야 지역과 일본열도의 교류는 활발하였으며, 그 결과 일본열도에 한반도의 이주민이 이주하였던 것과 같이, 가야 지역에도 일부의 왜인들이 집단적으로 거주하게 되었으며 임나일본부는 신라·백제와의 접촉 지대에 있던 왜인들 내지는 왜인과 한인과의 혼혈들을 통제하는 행정기관으로 성립하였다고 해석하였다. ③ 분국설이 있다. 임나일본부는 한반도의 가야 지역과는 전혀 무관하며, 야마또 정권이 5세기 중후엽에 서부일본을

---

23 출선기관설(出先機關說): 일본어적 표현으로 '출장소' 또는 '출장기관'과 같은 뜻이다.
24 남선경영론(南鮮經營論): 일제가 만들어 낸 식민 사관의 하나로, 4세기 중엽에서 6세기 중엽까지 일본이 한반도 남부를 통치했다는 학설. 즉 일본이 임나 지방을 정벌하여 임나일본부를 두었으며, 전라도 지역을 평정하고 그 일부를 백제에 내려 조공을 약속받았다는 내용이다.

통합하여 나가는 과정에서 가야계 분국인 임나국에 그 통치 기관을 설치하였던 것이 임나일본부였다는 것이다. ④ 백제 군사령부설이 있다. 임나의 지배 주체를 왜가 아닌 백제로 보는 설이다. 6세기 중엽에 보이는 임나일본부란 다름 아닌 임나백제부와 같은 것이었으며, 4세기 후반부터 6세기 중엽까지 백제가 가야 지역을 지배했다는 것이다. 임나백제부는 백제가 군사적 목적으로 가야 지역에 설치했던 군사령부와 같은 성격으로 해석하였다. ⑤ 외교사절설이 있다. 부(府)란 표기는 『일본서기』가 주장하고자 했던 역사관의 산물에 불과한 것으로, 부(府)의 원형이 미코토모치임을 확인하고, 미코토모치의 실체가 기관이나 관청이 아닌, 사신에 해당하는 것으로 해석하여 임나일본부가 왜가 가야 여러 나라와의 외교 교섭을 위해 임시로 파견한 사신이나 관인, 또는 그 집단으로 이해하였다.

1990년부터 2014년까지 모두 9차례에 걸친 대성동 고분군의 발굴조사에서 출토된 금동관·청동항아리·금동제 허리띠·금동제 말갖춤새·로만 글라스·소용돌이 모양의 청동기 장식인 파형동기 같은 금관가야 유물은 4세기 전후 시기 대가야와 신라에서는 찾아보기 힘들다. 특히 대성동 고분군에서 나온 유물은 같은 시기 왜의 고분에서 나온 유물과는 비교할 수 없을 정도로 압도적인 우위를 보이는 등 4세기 당시 금관가야의 문화 수준이 왜보다 앞서 있었음을 보여주고 있어 왜가 3~4세기에 한반도 남부 지역에 임나일본부를 두어 한반도를 지배했다는 견해는 설 자리를 잃었다.

가야사 연구의 현재

가야사는 한국 고대사에서 그 실체가 가장 밝혀지지 않은 것 중의 하나이다. 문헌 자료가 크게 부족한 데다가 임나일본부 문제가 가야사와 얽혀 있었기 때문에 가야사 연구를 부진하게 한 원인이 되었다. 그러나 1980년대에 들어와서 경상남북도를 비롯하여 전라남북도의 가야 여러 나라가 자리 잡고 있던 땅에서 가야 시대의 유물들이 다량 발굴됨으로써 가야사 연구에 대한 물질자료가 크게 늘어났다. 뿐만 아니라 임나일본부설에 대해서도 연구 업적이 쌓이면서 가야사가 한국사 연구의 한 부분으로 자리를 잡아갔다.

가야는 소국 단계를 거쳐, 소국 연맹체를 형성하고, 초기 고대국가 단계에 이르렀다는 것이 학계의 통설이었으나,

학자들 사이에서 다양한 견해가 나오고 있다. 가야는 처음부터 가야 여러 나라는 분립되어 있었고 연맹체가 아니었다는 견해부터 6세기 중반 대가야는 고대국가의 단계에 이르렀다는 견해도 나오고 있다. 한 걸음 더 나아가서 고구려·신라·백제의 삼국 시대가 아닌 고구려·백제·신라·가야의 사국 시대로 기술하여야 한다는 견해도 나타나고 있다.

① 가야 정치체의 성격을 둘러싸고 3세기에 금관가야를 맹주로 하여 12개 소국이 연합하여 전기 가야 연맹체를 결성하였다가 4세기 말 5세기 초에 해체되고, 5세기 중엽에 이르러 대가야(반파국)를 맹주로 하여 22개 소국이 연합하여 후기 가야 연맹체를 결성하였다는 '가야 단일 연맹체설', ② 가야는 '금관가야지역연맹체', '아라가야지역연맹체', '대가야지역연맹체'로 나누어져 각자 지역을 중심으로 연맹체를 결성했다는 '가야 지역연맹체설', ③ 독립적인 가야 여러 나라가 대가야를 중심으로 긴밀하게 연계된 연맹체였다는 '대가야 연맹체론', ④ 대가야가 왕권을 강화하여 넓은 영역에까지 무력을 독점하고 부체제를 구축하였다는 '대가야 고대 국가론', ⑤ 가야는 연맹체를 이룬 적이 없고, 처음부터 끝까지 가야 여러 나라, 즉 가야 제국(諸國)들이 각자 분

립되어 있었다는 '가야 제국설' 등이 나와 많은 논쟁을 불러 일으켰다.

특히 5~6세기 후기 가야는 대가야권, 아라가야권, 금관 가야권, 소가야권 등 4개의 작은 권역으로 나누어진 채 문화적인 상황뿐만 아니라 정치적인 상황도 분립적으로 전개되었다. 결국 후기 가야는 구심점을 잃은 채 20년~30년 정도의 기간을 두고 신라와 백제에 분할, 점령되었다.

김수로왕 해설

　가야에 관한 자료를 읽으면서 가야사를 둘러싸고 고대의 가야 여러 나라가 영남의 각 지역에 자리 잡고 멸망할 때까지 공존과 경쟁 양상을 보이면서 병립했듯이 현대의 영남 각 지역의 지방 자치단체와 대학들이 가야사를 둘러싸고 공존과 경쟁 양상을 보이면서 병립하고 있다는 사실을 알게 되었다.

　지은이가 대학원 박사과정에서 한국현대소설을 연구하던 2003년 무렵에도 각급 학교에서는 전기 가야 연맹의 맹주국은 금관가야였고, 후기 가야 연맹의 맹주국은 대가야였다고 가르쳤다. 그런데 그해 봄 학교 정문 가근방의 고서점에서 우연히 발견한 단행본에서는 전혀 다른 학설이 기술되어 있었다. 변진구야국은 경상남도 김해의 금관가야가 아니라, 경상북도 고령의 대가야이며, 금관가야는 실제로 가야의 맹주 노릇을 하지 못했고, 『삼국유사』에 나오는 6가야 중 가장 약체로 '보잘것없는 작은 나라'라고 기술되어 있었다. 그 단행본의 지은이는 문헌사학자였다.

　금관가야가 '보잘것없는 작은 나라'가 아니라는 것을 고고자료를 통해 실증적으로 밝혀준 사람은 고고사학자였다. 금관가야가 보잘것없는 나라가 아니었다는 증거는 김해·부산 지역에서 출토된 고고자료를 살펴보면 알 수 있다. 김해의 대성동 고분군뿐만 아니라, 양동리 고분군·봉황대 유적·원지리 고분군, 부산의 복천동 고분군 등에서 출토된 고고자료들은 김해를 중심으로 한 낙동강 하구 일대에서 가야 문명의 꽃을 피운 금관가야가 3~4세기대에는 가야 여러 나라 중 최강자였으며, 5세기 이후에도 다른 가야 여러 나라와 병립하고 있었다는 것을 말해주고 있다. 문헌자료가 절대적으로 부족한 가야사 연구에서 고고학적 기반이 없이 연구하면 모험적이라는 것을 어느 문헌사학자가 펴낸 학술서가 말해주고 있는 것이다. 그러나 가야사를 고고자료 위주로만 연구하면 모험적이라는 것을 보여주는 사례도 있다. 어느 고고사학자가 주장한 '금관가야 4세기 멸망설'이 그것이다. 『삼국사기』·『삼국유사』, 『신증동국여지승람』, 그리고 『일본서기』 등의 문헌자료에 금관가야(가락국)가 532년에 멸망했다고 기술되어 있는 것을 염두에 두지 않은 그의 학설이 모험적이라는 것이 대성동 고분의 추가 발굴과 원지리 고분의 발굴을 통해 발굴된 고고자료로 인해 드러났다.

　금관가야를 비롯한 가야 여러 나라를 연구한 결과물인 논문이나 학술서의 발표에 있어서 문제가 되는 것은 많은 시간과 노력을 통해 연구한 결과물인 논문이나 학술서가 대학에서 국문학을 공부한 사람이 읽어도 이해하기 어려운 고고학 용어가 구사되어 있는 문장으로 쓰여 있다는 것이다. 어려운 고고학 용어를 구사하여 난해한 문장으로 작성한 논문이나 학술서를 이해할 수 있는 사람은 많지 않을 것이다.

　일부 학자들은 글을 쓸 때 '금관가야'를 '가락국' 혹은 '남가라'라고 쓴다. 일부 학자들의 주장에 따라 어느 지방자치 단체는 누리집에 '금관가야'를 '가락국'이라고 표기하고 있다. 그 지방자치 단체가 금관가야를 가락국이라고 표기한 것은 당대의 가락국 사람들이 자신들의 나라를 가락국이라 불렀으므로 가락국이라 써야 하며 금관가야는 고려 시대 사람들의 생각이 투영된 나라 이름이라는 주장을 펴는 학자의 학설을 따른 것으로 보인다.

　「광개토왕릉비」에 나오는 임나가라라는 표기는 ㅇㅇ가야식 표기라고 볼 수 있으며, 금관가야는 가야 여러 나라 중 금관국이라는 표기일 수도 있을 것이다. 고조선 시대의

‘조선’ 사람들이 자신들의 나라 이름을 ‘고조선’이라고 부르지 않았다는 것은 명백한 사실이다. 그럼에도 불구하고 초·중·고등학교 교과서는 물론 일반 서적에도 모두 고조선이라고 표기되어 있다.

금관가야는 역사서에 구야한국, 대가락국, 가락국, 가야, 임나가라, 남가라, 수나라, 임나, 금관국, 금관가야라고 표기되어 있다. 학술서가 아닌 교양서, 교과서, 참고서 등에서는 ‘가락국’ 혹은 ‘남가라’ 대신 금관가야라고 표기하는 것이 바람직하다고 본다. 왜냐하면 한국의 초·중·고등학교에서 ‘가락국’ 혹은 ‘남가라’를 ‘금관가야’라고 가르치고 있기 때문이다.

『김수로왕-금관가야의 역사와 문화』는 지난번 출간한 『김유신-전쟁터를 누비며 삼국통일의 불꽃이 되다』에 이어 지은이의 가야사에 관한 관심의 표출이다. 금관가야는 비단 가야 문명의 출발일 뿐만 아니라, 신라 문명 형성의 일익을 담당한 나라였기에 오늘을 살아가는 한국인들이 반드시 알아야 고대 국가인 것이다.

김수로왕 연보 및 금관가야사 연표

42년   김수로왕이 가락국(금관가야)을 건국함.(『삼국유사』).
「구지가」 지어짐.(『삼국유사』)
이진아시왕이 반파국(대가야국)을 건국함.(『신증동
국여지승람』)

44년   석탈해가 금관가야에 나타나 김수로왕과 왕위를 다
툼.
김수로왕이 배 500척을 이끌고 탈해를 신라로 쫓
아냄.(『삼국유사』)

48년   아유타국 공주 허황옥이 금관가야에 와서 김수로
왕과 혼인함.(『삼국유사』)

77년   신라 아찬 길문이 공격해 오므로, 황산진 어구에
서 맞아 싸웠으나 금관가야 군사 1천여 명이 사로
잡힘.(『삼국사기』)

94년   금관가야 군사들이 신라의 마두성을 에워쌌으나,
아찬 길원의 공격을 받고 물러남.(『삼국사기』)

96년   금관가야 군사들이 신라의 남쪽 변경을 공격하여
가성주 장세를 죽였으나 신라 파사왕이 보낸 신라

군사들과 싸워 패배함.(『삼국사기』)

97년 　신라 파사왕이 군사를 일으켜 공격하려 하므로, 금관가야에서 사신을 보내 사죄함.(『삼국사기』)

102년 　금관가야 김수로왕이 신라의 요청을 받고, 음즙벌국과 실직곡국의 영역 다툼을 중재하러 갔으나, 한기부의 반발로 실패함.(『삼국사기』)

115년 　신라 지마왕이 보병과 기병을 이끌고 황산하를 건너오므로 금관가야 군사들이 매복해 있다가 공격함. 지마왕은 포위를 풀고 겨우 탈출함.(『삼국사기』)

116년 　신라가 정병 1만을 보내 공격함.
금관가야가 성을 굳게 지키자 물러남.(『삼국사기』)

189년 　금관가야 허왕후가 157세로 죽음.(『삼국유사』)

199년 　금관가야 김수로왕이 158세로 죽음.
거등왕이 왕위에 오름.(『삼국유사』)

201년 　금관가야가 신라에 화친을 요청함.(『삼국사기』)

209년 　포상팔국이 금관가야(포상8국이 공격한 나라가 아라가야라는 견해도 있음.)를 치려하므로 금관가야 왕자가 신라에 가서 구원을 청함.
신라 나해왕이 태자 우로와 이벌찬 이음을 보내와서 금관가야를 구원하고 팔국 장군을 죽임.(『삼국사기』)

212년 골포국, 칠포국, 고사포국이 신라의 갈화성을 침공
       하였으나 크게 패함. 이에 금관가야는 신라에 왕자
       를 보내 볼모로 삼게 함.(『삼국사기』)

253년 금관가야 거등왕이 죽음.
       제3대 마품왕이 왕위에 오름.(『삼국유사』)

291년 금관가야 마품왕이 죽음.
       제4대 거질미왕이 왕위에 오름.(『삼국유사』)

346년 금관가야 거질미왕이 죽음.
       제5대 이시품왕이 왕위에 오름.(『삼국유사』)

400년 고구려의 광개토왕이 보낸 보병과 기병 5만이 왜
       군의 뒤를 쫓아 임나가라(금관가야로 비정됨, 임나가
       라를 대가야로 비정하는 견해도 있음.) 종발성(김해 봉
       황토성으로 비정하는 견해가 있음)에 이르자, 성이 항
       복함.(『광개토왕릉비문』의 '안라인수병'을 안라의 수비
       병이라고 해석하는 견해와 고구려가 평정한 임나가라
       의 성에 라인, 즉 순라병을 두어 지키게 했다고 해석하
       는 견해가 있음.)(『광개토왕릉비문』)

407년 금관가야 이시품왕이 죽음.
       제6대 좌지왕이 왕위에 오름.(『삼국유사』)

421년   금관가야 좌지왕이 죽음.

제7대 취희왕이 왕위에 오름.(『삼국유사』)

451년   금관가야 취희왕이 죽음.

제8대 질지왕이 왕위에 오름.(『삼국유사』)

452년   금관가야 질지왕이 허왕후의 명복을 빌기 위하여

왕후사를 세움.(『삼국유사』)

479년 금관가야 질지왕이 중국 남제에 사신을 보내 공물

을 바침. 남제의 고제가 가라왕 하지(금관가야 질지

왕으로 비정됨, 대가야 가실왕으로 비정하는 견해도 있

음)에게 보국장군 본국왕의 벼슬을 내림.(『남제서』)

492년   금관가야 질지왕이 죽음. 제9대 겸지왕이 왕위에

오름.(『삼국유사』)

521년   금관가야 겸지왕이 죽음.

제10대 구형왕이 왕위에 오름.(『삼국유사』)

532년   금관가야 구형왕이 왕비와 세 아들과 함께 신라에

가서 항복함.

신라 법흥왕이 그들에게 상등(진골)의 지위를 주고

본국을 식읍으로 삼게 함.(『삼국사기』, 『삼국유사』)

김수로왕을 전후한 한국사 연표

서기전 37년　고주몽, 고구려를 건국.

서기전 57년　박혁거세, 신라를 건국.

서기전 18년　온조, 백제를 건국.

서기 3년　　고구려 국내성으로 도읍을 옮김.

서기 42년　김수로, 금관가야를 건국.

서기 53년　고구려 태조왕, 왕위에 오름.

서기 65년　신라, 국호를 계림으로 고침.

115년　　　신라, 금관가야를 치다가 황산하에서 패함.

194년　　　고구려, 을파소에 의해 진대법을 실시.

244년　　　고구려, 유주자사 관구검 침공, 국내성 점령.

260년　　　백제, 고이왕 때부터 중앙집권 국가의 기틀
　　　　　　을 확립.

285년　　　백제 왕인, 『논어』, 『천자문』을 왜에 전함.

307년　　　신라, 국호를 '신라'로 사용하기 시작.

313년　　　고구려, 낙랑군을 공격하여 점령.

356년　　　신라, 내물 마립간이 왕위에 오름.

371년	백제, 고구려 평양성을 공격. 고국원왕 전사.
372년	고구려에 불교가 전해짐.
400년	고구려, 광개토왕 5만 병력으로 금관가야- 백제-왜 연합군을 격파하여 신라 지원.
414년	장수왕, 광개토대왕릉비 세움.
427년	고구려, 평양으로 왕도를 옮김.
433년	백제와 신라 간에 나제동맹 성립.
475년	고구려, 장수왕, 백제 침공, 한성 함락. 백제, 웅진으로 왕도를 옮김.
494년	고구려, 부여 정복.
498년	백제, 동성왕, 탐라국 공격.
512년	신라, 우산국 정복.
520년	신라, 율령 반포, 공복 제정.
523년	백제, 성왕 즉위.
527년	신라, 불교 공인, 이차돈의 순교.
532년	금관가야 멸망.
538년	백제, 사비성으로 왕도를 옮김.
550년	신라, 단양 신라 적성비 건립.
551년	진흥왕, 백제 성왕과 함께 고구려 침공.
553년	진흥왕, 한강 유역을 차지함.

562년   대가야 멸망.

참고문헌

자료

이동환 교감, 『삼국유사』, 민족문화추진회, 1973.

김정배 교감, 『삼국사기』, 민족문화추진회, 1973.

경인문화사 표점 교감, 『삼국지』, 1975.

김기섭 · 김동철 · 백승충 · 채상식 · 연민수 · 이정봉 · 차철욱, 『일본 고
중세 문헌 속의 한일관계사사료 집성』, 혜안, 2005.

김태식 · 이익주 편, 『가야사사료집성』, 가락국사적개발연구원, 1992.

민족문화추진회, 『국역신증동국여지승람』, 민족문화문고간행회,
1988.

허흥식 편저, 『한국금석전문 · 고대』, 아세아문화사, 1984.

국사편찬위원회 한국사데이터베이스 db.history.go.kr

단행본

가야정책연구위원회, 『가야 잊혀진 이름 빛나는 유산』, 혜안, 2004.

강만길 외, 『한국사 1 · 원시사회에서 고대사회로1』, 한길사, 1995.

강만길 외, 『한국사 2 · 원시사회에서 고대사회로2』, 한길사, 1995.

고려대학교 민족문화연구소, 『한국 문화사 대계』V, 고려대학교 민족
문화연구소 출판부, 1967.

고령군·한국고대사학회, 『대가야의 성장과 발전』, 서경, 2004.

국사편찬위원회, 『한국사 2·구석기, 신석기문화』, 국사편찬위원회(탐구당 번각 발행), 2013.

국사편찬위원회, 『한국사 3·청동기문화와 철기문화』, 국사편찬위원회(탐구당 번각 발행), 2013.

국사편찬위원회, 『한국사 4·초기국가 고조선, 부여, 삼한』, 국사편찬위원회(탐구당 번각 발행), 2013.

국사편찬위원회, 『한국사 7·삼국의 정치와 사회3 신라, 가야』, 국사편찬위원회(탐구당 번각 발행), 2013.

권주현, 『가야인의 삶과 문화』 혜안, 2004.

경상북도, 『가야사연구: 대가야의 정치와 문화』, 경상북도, 1995.

김기흥, 『새롭게 쓴 한국고대사』, 학연문화사, 2003.

김병모, 『한국인의 발자취』, 집문당, 1992.

김상현, 『신라의 사상과 문화』, 일지사, 1999.

김석형, 『초기 조일관계사』, 사회과학출판사, 1966.

김세기, 『고분 자료로 본 대가야 연구』, 학연문화사, 2003.

김원룡, 『한국 고고학개설』, 일지사, 1988.

김병모 외, 『삼불김원룡교수정년퇴임기념논총』Ⅰ, 일지사, 1987.

김세기, 『대가야연구』, 학연문화사, 2003.

김은숙·김태식·김현구·이기동·이종욱, 『한국사시민강좌』11, 일조각, 1992.

김재원·이병도(진단학회), 『한국사·고대편』, 을유문화사, 1980.

김재홍·박찬홍·전덕재·조경철, 『한국 고대사 2· 사회 운영과 국가 지배』, 푸른역사, 2018.

김정배, 『한국 고대의 국가 기원과 형성』, 고려대학교 출판부, 1993.

김정학, 『한국 상고사 연구』, 범우사, 1991.

김정학 외, 『가야사론』, 고려대학교 한국학연구소, 1993.

김철준, 『한국 고대사회 연구』, 지식산업사, 1975.

김태식, 『가야 연맹사』, 일조각, 1993.

김태식, 『미완의 문명 7백 년 가야사』1·2·3, 푸른역사, 2002.

김태식 외, 『한국고대사연구』27, 한국고대사학회, 2002.

김현구, 『임나일본부 연구-한반도남부경영론비판-』, 일조각, 1993.

권학수, 『가야고고학 연구』, 소화, 2005.

남재우, 『안라국사』, 혜안, 2003.

노중국, 『백제 정치사』, 일조각, 2018.

노태돈, 『고구려사 연구』, 사계절, 2003.

노태돈·이기동·이형구·조인성·천관우, 『한국사시민강좌』3, 일조각, 1988.

문경현, 『신라사 연구』, 경북대학교 출판부, 1983.

문창로, 『삼한시대의 읍락과 사회』, 신서원, 2000.

박대제, 『문헌과 고고자료로 본 가야』(pdf). 국립가야문화재연구소, 2018.

박천수·홍보식·이주헌·류창환, 『가야의 유적과 유물』, 학연문화사, 2003.

백승옥, 『가야 각국사 연구』, 혜안, 2003.

백영 정병욱 선생 10주기 추모논문집 간행위원회, 『한국 고전시가 작품론』 1, 집문당, 1992.

부산경남역사연구소, 『시민을 위한 가야사』, 집문당, 1996.

부산대 한국민족문화연구소, 『가야 고고학의 새로운 조명』, 혜안, 2003.

부산대 한국민족문화연구소, 『학교교육과 사회교육으로서의 가야사』, 혜안, 2002.

부산대 한국민족문화연구소, 『한국 고대사 속의 가야』, 혜안, 2001.

부산대 한국민족문화연구소, 『가야 각국사의 재구성』, 혜안, 2000.

송호정·여호규·임기환·김창석·김종복, 『한국 고대사 1·고대 국가의 성립과 전개』, 푸른역사, 2018.

신형식, 『신라사』, 이화여자대학교 출판부, 1993.

신형식, 『한국의 고대사』, 삼영사, 2002.

연민수, 『고대 한일관계사』, 혜안, 1998.

유민화, 『일본서기 조선고유명표기자의 연구』, 혜안, 2000.

윤석효, 『가야사』, 민족문화사, 1990.

이기동, 『백제사연구』, 일조각, 1996.

이기백·이기동, 『한국사 강좌Ⅰ·고대편』, 일조각, 1992.

이기백 외, 『한국 고대사론』, 한길사, 1991.

이병도, 『한국 고대사 연구』, 박영사, 1981.

이병선, 『한국 고대 국명지명 연구』, 아세아문화사, 1988.

이영식, 『가야 제국사 연구』, 생각과 종이, 2016.

이종기, 『가락국 탐사』, 일지사, 1977.

이종욱, 『신라국가형성사 연구』, 일조각, 1982.

이진희, 이기동 역, 『광개토왕릉비의 탐구』, 일조각, 1992.

이현혜, 『삼한사회 형성과정 연구』, 일조각, 1984.

이홍종, 『청동기사회의 토기와 주거』, 서경문화사, 1996.

이홍직, 『한국고대사의 연구』, 신구문화사, 1987.

이희진, 『가야정치사연구』, 학연문화사, 1998.

인제대 가야문화연구소·김해시, 『가야인의 불교와 사상』, 주류성, 2017.

인제대 가야문화연구소·김해시, 『가야의 철 생산과 유통』, 주류성, 2020.

인제대 가야문화연구소· 김해시, 『가야 기마인물형토기를 해부하다』, 주류성, 2019.

인제대 가야문화연구소, 『가야제국의 왕권』, 신서원, 1997.

인제대 가야문화연구소, 『가야의 마구와 동아시아』, 주류성, 2016.

인제대 가야문화연구소, 『가야제국의 철』, 신서원, 1995.

임효재, 『한국 고대문화의 흐름』, 집문당, 1992.

정병욱, 『한국고전시가론』, 신구문화사, 1980.

정중환, 『가라사 연구』, 혜안, 2000.

조동일, 『삼국시대 설화의 뜻 풀이』, 집문당, 1991.

조희승, 『가야사 연구』, 사회과학출판사(백산자료원 번각 발행), 1994.

주보돈, 『가야사 기초의 이해』, 주류성, 2018.

천관우, 『가야사 연구』, 일조각, 1991.

천관우, 『인물로 본 한국고대사』, 정음문화사, 1982.

한국고대사회연구소, 『한국고대사논총』 2. 가락국사적개발연구원,
　1991.

한국고대사회연구소, 『한국고대사논총』 3. 가락국사적개발연구원,
　1992.

한국고대사회연구소, 『한국고대사논총』 4. 가락국사적개발연구원,
　1992.

한국고고학회, 『고고학을 통해 본 가야』, 한국고고학회, 2000.

한국고대사학회, 『우리 시대의 한국 고대사』, 1 · 2, 주류성, 2017.

한국고대사학회, 『가야사 연구의 현황과 전망』, 주류성, 2018.

한국고대사학회, 『가야와 주변, 그리고 바깥』, 주류성, 2020.

한국고대사연구회, 『한국 고대국가의 형성』, 민음사, 1990.

한국고대사연구회, 『삼한의 사회와 문화』, 신서원, 1995.

한일관계사연구논집 편집위원회, 『임나문제와 한일관계』, 경인문화
사, 2005.

한일관계사연구논집 편찬위원회, 『고대왕권과 한일관계』, 경인문화
사, 2010.